KiWi
PAPERBACK
994

W0074505

Das Buch:

In Michael Schneiders im Jahre 1980 erstmals erschienener Novelle geht es um eine abgründige Bruderbeziehung, um Schein und Wahrheit – und um die Frage, was eine perfekte Illusion ausmacht. Alfredo Cambiani ist mit vierzehn Jahren als jüngstes Mitglied in den »Magischen Zirkel« aufgenommen worden, sein jüngerer Bruder Marco hingegen schlug eine bürgerliche Berufslaufbahn ein. Und während Alfredo mit maßlosem Ehrgeiz neue Zaubernummern entwickelt, droht Marco in grenzenloser Langeweile zu versinken. Das ändert sich schlagartig, als Alfredo mit der Bitte zu Marco kommt, ihm bei der Vorbereitung seines grandiosesten Kunststücks zu assistieren. Für das ›Erscheinungswunder‹ wird Marco abgerichtet, die Kopie seines Bruders zu geben – eine Rolle, mit der er sich nicht auf Dauer abfinden mag. Und alles eskaliert, als Marco kurz vor der völligen Auslöschung seiner eigenen Existenz aus dem Dunkel tritt und selbst zu zaubern beginnt.

»Ein Stück Prosa von fast beängstigender Kunstfertigkeit. Es spiegeln sich Bruder und Doppelgänger, Schein und Wirklichkeit. Hier kommt zum Bruder- und zum Identitätsthema die politische Dimension hinzu und macht Schneiders Debüt zum literarischen Zauberkunststück.« Sigrid Löffler

Der Autor:

Michael Schneider, geb. 1943 in Königsberg, studierte Naturwissenschaften, anschließend Philosophie, Sozial- und Religionswissenschaft. 1974 Promotion über Marx und Freud. Lektor, Journalist, Schauspieldramaturg, Professor an der Filmakademie in Ludwigsburg. Mitglied des PEN-Zentrums, des Akademischen Beirats von Attac Deutschland und des »Magischen Zirkels«. Einen Überblick über seine zahlreichen Veröffentlichungen, Essays, Romane, Novellen und Theaterstücke bietet seine Homepage www.schneider-michael-schriftsteller.de

Weitere Titel bei Kiepenheuer & Witsch:
»Das Ende eines Jahrhundertmythos. Eine Bilanz des Staatsso-
zialismus«, KiWi 400, 1996. »Der Traum der Vernunft. Roman
eines deutschen Jakobiners«, KiWi 711, 2002. »Das Geheimnis
des Cagliostro«, Roman, 2006

Michael Schneider

Das Spiegelkabinett

Novelle

Kiepenheuer & Witsch

All denen gewidmet, die n i c h t zaubern können

1. Auflage 2007

Das Spiegelkabinett erschien zuerst 1980 in der
Autoren Edition in München.
Umschlaggestaltung: Barbara Thoben, Köln
Umschlagmotiv: Lars Klove / Getty Images
Gesamtherstellung: Clausen & Bosse, Leck
ISBN 978-3-462-03901-6

VORREDE

Verehrter Leser!

Als ehemaliger Präsident des Magischen Zirkels halte ich es für meine Pflicht, Ihnen meine Aufzeichnungen über Alfredo Cambiani – jenen legendären Zauberkünstler, der vor einigen Jahren die Welt mit einem wahrhaft unglaublichen Kunststück in Atem hielt – nun endlich zur Verfügung zu stellen. Mit Recht werden Sie mich fragen, warum ich erst jetzt zum Fall Cambiani Stellung nehme, der damals nicht nur die Freunde der Zauberkunst, sondern praktisch die Weltöffentlichkeit in Bann hielt. Ich weiß wohl, daß gerade von mir damals ein klärendes Wort, eine eindeutige Stellungnahme erwartet wurde; zumal dieser Fall den ganzen Zirkel, dessen Vorsteher ich war, nachgerade in ein höchst zweifelhaftes Licht gerückt hat.

Gestatten Sie mir, verehrter Leser, zur Entschuldigung meines langjährigen Schweigens folgende Gründe anzuführen: Ich selbst war von dem Fall Cambiani und seinen monströsen Folgeerscheinungen seinerzeit so betroffen, ja schockiert, daß auch eine wie immer geartete Erklärung meine Bestürzung kaum hätte verhehlen können. Da ich, wenngleich als Kapazität in der Kunst des Gedankenlesens bekannt, zunächst genauso im Dunkeln tappte wie das Publikum, hielt ich es für besser, in der Öffentlichkeit so lange Zurückhaltung zu üben, bis ich durch gründliche Nachforschungen Licht in die ganze Angelegenheit gebracht haben würde. Angesichts der durch die Sensationspresse in Gang gesetzten Mythen- und Legendenbildung, die sich um den Fall Cambiani rankte, und des abergläubischen Massentaumels, den dieser Wundermann ausgelöst hatte, war eine objektive und vorurteilsfreie Aufklärung des ganzen Phänomens zunächst völlig unmöglich. Hinzu kam, daß meine von Anfang an bestehenden Bedenken gegen diesen zwielichtigen

Mann beim Publikum damals nur auf taube Ohren gestoßen wären; gehöre ich doch einer Generation an, die sich einer längst vergangenen Epoche geistiger Aufklärung verpflichtet weiß und deren Auffassungen von der Kunst im allgemeinen und der Zauberkunst im besonderen von einer tiefen Fremdheit und Skepsis gegenüber dem Zeitgeist geprägt sind. Erst nachdem die Massenekstase allmählich abgeklungen war, konnte ich hoffen, meinen unzeitgemäßen Auffassungen zum Fall Cambiani vielleicht doch noch Gehör zu verschaffen.

Wie Sie wissen, hat letzterer eine Zeitlang auch die Staatsanwälte beschäftigt. Schon damals übrigens hat mich die Tatsache außerordentlich befremdet, daß sich das Ermittlungsverfahren gegen Cambiani lediglich um die rein formaljuristische Frage gedreht hat, ob ein Bürger unseres Staates bereits den Tatbestand eines strafwürdigen Delikts oder Verbrechens erfüllt, der von sich öffentlich behauptet bzw. in dem Rufe steht, über wunderbare Kräfte zu verfügen, vermöge derer er die für den Normalmenschen geltenden Naturgesetze aufheben könne. Ich bin kein Jurist und will mich zu diesem Problem auch nicht weiter äußern. Von Anfang an hat mich am Fall Cambiani nämlich eine ganz andere Frage interessiert, die sonderbarerweise kaum Gegenstand des öffentlichen Interesses geworden ist: Warum und aufgrund welcher Motive ein Mensch dazu kommt, sich übernatürliche und wunderbare Kräfte anzumaßen, die ihm gegenüber seinen Mitmenschen gleichsam eine Monopolstellung verleihen, und die damit unmittelbar zusammenhängende Frage, warum die Menschen an diesen einen Wundermann tatsächlich glauben. Ein von niemand ausgesprochenes und doch von allen befolgtes Tabu schien darauf zu lasten; eine Art Angst, dabei auf ungeahnte Abgründe der menschlichen Natur oder auf bestimmte ideologische Schranken zu stoßen, an denen bei Strafe, unser ganzes Gesellschaftsgebäude ins Wanken zu bringen, nicht gerüttelt werden darf.

In der Tat hat mich die Erforschung dieser Fragen in die tiefsten und geheimnisvollsten Seelenbezirke des Wundermannes Cambiani geführt. Zugleich haben die Einsichten, die ich dabei in den Mechanismus jener höchst zweifelhaften Kunst gewonnen habe, der ich selbst so lange diente, zu meinem vorzeitigen Ausscheiden aus dem Magischen Zirkel geführt. Auch das Scheitern meines eigenen Versuchs, die durch eine bedenkenlose Kunstausübung entstandenen Schäden wieder zu reparieren, hat zu diesem Schritt beigetragen. Als Präsident jenes Zirkels, dem auch Cambiani viele Jahre angehörte, fühlte ich mich nicht nur für die gespenstischen Folgen, die sein Fall gezeitigt hat, in gewissem Grade mitverantwortlich; ich sehe mich auch bei der derzeitigen Verfassung dieses Zirkels und der Bewußtseinslage des breiten Publikums außerstande, einem zweiten Fall Cambiani vorzubeugen und die Gesellschaft vor dem Mißbrauch jener zauberischen Kunst zu bewahren, die sich allenthalben so großer Beliebtheit erfreut.

1. DAS WUNDERKIND

Die Villa Cambiani, zwischen modernen Hochhäusern und Wolkenkratzern im Stadtzentrum gelegen, wirkt von fern wie eine Fata Morgana inmitten Betonwüste; in ihren riesigen Bogenfenstern bricht sich das Licht in den vielfältigsten und bizarrsten Farben. Und dennoch sind die Wände dieses Glaspalastes undurchdringlicher als die Mauern einer Festung; wirken sie doch im Sonnenlicht wie ungeheure Spiegel, die den neugierigen Passanten blenden, so daß dieser seine Augen unwillkürlich abwenden oder schließen muß und für einen Moment in einer schier uferlosen Schwärze zu versinken glaubt.

Vielleicht konnte darum kein Mensch aus der Nachbarschaft sagen, was hinter den Glasmauern der Villa Cambiani eigentlich vorging und was für ein Leben ihr Besitzer führte. Von ihm wußte man nur, was die Zeitungen, das Fernsehen, die Berufskollegen und die allabendlichen Besucher des nahe gelegenen Olympia-Theaters über ihn berichteten: Daß er einer der größten, wenn nicht *der* größte Zauberkünstler des Landes war. Die wenigen Besucher, die die Ehre hatten, von diesem geheimnisvollen Mann empfangen zu werden, wußten allerdings zu berichten, daß nicht nur die Außenwände der Villa Cambiani wie Spiegel wirkten, sondern daß auch das Kabinett des Meisters innen ganz mit Spiegelglas ausgeschlagen war; was diesem offenbar das sonderbare Vergnügen verschaffte, sich in der gleichsam unendlichen und doch stets vertrauten Gesellschaft seiner selbst zu bewegen. Zweifellos diente dieses Spiegelkabinett, um das sich ebenso viele Legenden rankten wie um die Person des Meisters, einem ganz praktischen Zweck: nämlich seine Bühnenwirkung als Zauberkünstler zu testen; liegt doch eines der Geheimnisse der Magie – jedenfalls soweit es sich um die klassische Salon-Magie handelt – in dem unaufhörlichen Flankenwechsel begründet, durch den der Zauberkünstler bald die eine, bald die andere Körperseite nach vorne bringt, um die Manipulationen der jeweils rückwärtigen Hand vor den Argusaugen der Zuschauer abzuschirmen. So ist denn auch der Spiegel das wichtigste und elementarste Requisit eines jeden Zauberkünstlers; er stellt gleichsam das allgegenwärtige Auge des Publikums dar, ohne das jener niemals eine Kontrolle seiner Wirkung erlangen kann.

Zwar konnte kein einziger Besucher der Villa Cambiani von sich behaupten, dieses Spiegelkabinett je betreten zu haben, doch will ein Gast durch die halboffene Tür des angrenzenden Salons den Meister einmal dabei beobachtet haben, wie er eine Wand des Spiegelkabinetts geöffnet habe und dahinter verschwunden sei. Was sich *hinter* diesen Spiegeln wohl befände, war seither unter meinen Kollegen aus dem Magischen Zirkel Gegenstand der verschiedensten Mutmaßungen geworden. Einige meinten, diese Spiegeltür führe zu einer Geheimbibliothek, aus der Cambiani sein magisches Spezialwissen beziehe; andere munkelten, sie führe direkt zu einem Safe, in welchem er seinen Zauberkoffer und die Geheimnisse seiner einzigartigen Kunst verwahre; dieser sei zusätzlich durch eine elektrische Alarmanlage gesichert, so daß nur der Leibhaftige selbst, der bekanntlich auch durch Stahl und Eisen dringt, zu der magischen Schatzkammer Cambianis sich hätte Zutritt verschaffen können.

Und doch, verehrter Leser, galt Alfredo Cambiani zu Beginn seiner magischen Laufbahn zunächst nur als ein gewöhnlicher Zauberkünstler, dem zwar eine ans Wunderbare grenzende Fingerfertigkeit nachgesagt wurde, der aber weit von dem Rufe entfernt war, übersinnliche und übernatürliche Kräfte zu besitzen. Was ihn freilich von Anfang an vor seinen zaubernden Kollegen auszeichnete, war eine für seine Jugend außergewöhnliche Virtuosität, vor allem im Umgang mit Karten, Ringen und Bällen. Bei all seinen Kunststücken – und dies war vielleicht der Grund seiner frühen Berühmtheit – schien sich Cambiani, jenseits von Tricks und hilfreichen Requisiten, allein auf die magische Kraft seiner Hände und seines Gehirns zu verlassen.

Bereits mit zehn Jahren beherrschte er sämtliche Griffe der Kartenkunst wie Voltieren, Palmieren, Plissieren, Forzieren und setzte sein Publikum durch eine atemberaubende Fingerfertigkeit in Erstaunen. So griff er zum Beispiel bei vorher leer gezeigten Händen zweiunddreißig Karten nacheinander aus der Luft, ließ sie alsdann über eine Höhe von zirka zwei Metern von einer Hand in die andere sprudeln, fächerte das ganze Spiel entlang seines ausgestreckten Arms auf, teilte, indem er die Startkarte in seiner Hand mit dem Zeigefinger um hundertundachtzig Grad kippte, der ganzen Kartenreihe dieselbe Umdrehung mit, so daß eine Kartenwelle entstand, warf dann mit einer blitzschnellen Bewegung alle zweiunddreißig Karten in die Luft, um sie alle gleichzeitig aufzufangen. Dann nahm er eine einzelne, von einem Zuschauer frei gewählte Karte in die Hand, schleuderte sie zirka zehn Meter durch den Raum, wobei er ihr eine so wunderbar genaue Drehung mitteilte, daß sie wie ein Bumerang in seine Hand zurückkehrte.

Mit zwölf Jahren führte Cambiani erstmals vor Fachleuten sein berühmtes Ringspiel vor, wobei er neun einzelne Metallringe auf rätselhafte Weise zu den wunderbarsten Figuren zusammenschloß – zu einer Kette, einem Kleeblatt, einer Schaukel, einer Rosette oder den Olympischen Ringen; alle Ringe ließ er vorher und nachher von den Zuschauern untersuchen, die weder die einzelnen Ringe ineinander hängen noch die zusammengefügten Ringe voneinander lösen konnten. Höhepunkt seines Kunststücks war die sogenannte Neuner-Kette, wobei der oberste Ring von Stufe zu Stufe durch alle anderen Ringe hindurchfällt und sich zuletzt alle mit diesem vereinigen.

Mit vierzehn Jahren wurde Alfredo Cambiani als jüngstes Mitglied in den Magischen Zirkel aufgenommen, und zwar für die Vorführung eines sensationellen Ballkunststücks, das ihn sogleich im ganzen Lande berühmt machte und ihm hinfort den Beinamen „Cambiani, der Schwerelose" eintrug.

Gestatten Sie mir, zur Beschreibung dieses einzigartigen Kunststücks die *Magische Rundschau,* das Zentralorgan des Zirkels, zu zitieren: „Cambiani erscheint im spotlight vor dem Vorhang, eine glühende Zigarette im Mund. Er bläst den Rauch gegen seine leere Hand, in der alsbald eine rote Kugel erscheint. Wieder bläst er Rauch durch seine Finger, die Kugel verdoppelt, verdreifacht, vervierfacht sich. Jede Rauchwolke aus dem Munde Cambianis materialisiert sich zu einer neuen Kugel, vergleichbar der Entstehung des Erdballs, der sich einst aus einer Gaswolke verdichtet hat. Schließlich hält Cambiani zwischen den Fingern beider Hände acht rote Kugeln, die sich eine nach der anderen wieder in Rauch auflösen. Nun läßt er der Reihe nach acht weiße Kugeln erscheinen, wobei er die einen unter seinen Achselhöhlen, die anderen unter seinen Kniekehlen, wieder andere aus Mund, Nase und Ohren hervorzaubert und alle wieder im Rauch, im Nichts zerrinnen läßt. Jetzt zieht er seinen Zylinder vom Kopf, zeigt ihn leer vor, bläst eine Rauchwolke hinein und – simsalabim! – rollen acht rote und acht weiße Kugeln aus dem Zylinder in seine angewinkelten Arme. Cambiani zählt dem Publikum alle *sechzehn* Bälle noch einmal vor; dann erst passiert das Unbeschreibliche, Wunderbare: Er schleudert alle sechzehn Kugeln in Abständen von Bruchteilen von Sekunden nacheinander in die Luft, um sie drei Minuten lang in der Schwebe zu halten. Mit dem herkömmlichen Wort Jonglieren läßt sich der Vorgang gar nicht beschreiben, da der Mensch nur zwei Hände zum Jonglieren hat. Cambiani verleiht jedem Körperteil, das in die Waagrechte zu bringen ist – den Fingerspitzen, den Ellbogen, dem Kinn, der Stirn, der Nase, dem Fuß und dem Knie – gleichsam die Spannkraft eines Trampolins, das die Bälle im Moment des Auftreffens wieder zurück in die Luft kickt. Noch nie hat ein Mensch die Schwerkraft auf so wunderbare Weise aufgehoben; es ist, als ob wir Kronos im mythischen Augenblick seiner höchsten Schöpferlaune erleben, da er das Weltall mit den Planeten füllte." – Soweit die *Magische Rundschau.*

Cambianis Ballwunder, das ihn schon früh zum Preisträger vieler internationaler Ausscheidungen machte, überstieg alle Begriffe herkömmlicher Manipulations- und Jonglierkunst. Selbst die größten und berühmtesten Ballartisten und Jongleure seiner Zeit mußten zähneknirschend einräumen, daß die absolute Grenze menschenmöglicher Jonglierkunst, sei es mit Bällen, Ringen oder Scheiben, die Zahl dreizehn nicht übersteigen könne. Jenseits dieser Grenzzahl beginne schlechthin die Sphäre des Wunderbaren.

Wie Sie sich vorstellen können, verehrter Leser, war auch ich von der unglaublichen Virtuosität dieses jungen Artisten außerordentlich beeindruckt und ließ ihm, in meiner Eigenschaft als Präsident des Magischen Zirkels, jedwede Unterstützung angedeihen. In Fachkreisen galt Cambiani als Geheimtip und als das kommende Talent, auf das der Zirkel seine ganze Hoffnung setzte. Und doch war mir vor diesem blutjungen magischen Genius von Anfang an irgendwie bange; sei es, daß er als halbes Kind bereits über eine Virtuosität verfügte, die andere Vertreter seines Fachs, wenn überhaupt, erst mit fünfundzwanzig und mehr Jahren erreichen; sei es, daß seine frühreife Perfektion eine so vollkommene Konzentration und Versenkung in seine Materie verlangte, wie sie sonst nur indischen Fakiren möglich ist.

Durch Zufall wurde ich einmal Zeuge seiner Exerzitien, ohne daß er selbst davon wußte. Cambiani pflegte an gewissen Tagen nicht in seiner Villa, sondern in seinem Künstlerzimmer im Clubhaus des Zirkels zu trainieren; ich wußte freilich, daß er nichts so sehr haßte, wie dabei gestört zu werden. Dennoch mußte ich ihn in einer dringenden Angelegenheit sprechen, die keinen Aufschub duldete. Ich klopfte also an die Tür seines Künstlerzimmers, erst dezent, dann immer lauter – aber ich bekam keine Antwort. Schließlich öffnete ich behutsam die Tür: Cambiani stand, den Rücken mir zugewandt, in der Mitte des mit Gummiwänden schalldicht ausstaffierten Raumes und jonglierte lautlos mit seinen Bällen. „Herr Cambiani", sagte ich, „bitte vielmals um Entschuldi-

gung für die Störung, aber ich muß Sie dringend sprechen!"
Doch er hörte mich nicht. Noch dreimal sprach ich ihn an –
vergebens! Alle seine Sinne – und er schien mehr als nur fünf
Sinne zu besitzen! – waren so ausschließlich auf seine Bälle
konzentriert, daß die ganze Welt um ihn herum versunken
war. Keine einzige Muskelbewegung seines Körpers, die nicht
der Beschwörung dieser fliegenden Materie galt. Angesichts
so vollkommener, schon an Trance grenzender Versenkung
wurde ich von einem leichten Schauder ergriffen; vielleicht,
weil diese etwas bloß Dinglichem, Materiellem, ja, Leblosem
galt?

Ich weiß nicht, ob Sie meine Betroffenheit verstehen können. Nur durch vollständige Hingabe vermag der Zauberkünstler seinen Gegenstand virtuos zu beherrschen – gewiß!
Aber muß er darüber nicht den lebendigen Adressaten seiner
Kunst zwangsläufig verlieren? Beruht nicht das Wesen seiner
Kunst eigentlich darauf, daß die lebendige Beziehung zum
anderen Menschen durch eine dingliche Beziehung ersetzt
und die Hingabe, die ursprünglich vielleicht bestimmten
Menschen gegolten hat, nunmehr auf sein Material abgelenkt
wird? Sucht er sich vermittels des virtuosen Umgangs mit gewissen Gegenständen vielleicht nur für irgendeinen Verlust,
den Verlust eines geliebten Menschen oder eines an ihn ge-
bundenen Gefühls, zu entschädigen? Ist, so gesehen, seine
Kunst nicht eine ebenso grandiose wie gespenstische Ersatz-
leistung?

Ich weiß nicht, wie Sie darüber denken. Für mich jedenfalls
sollten diese Fragen durch den Fall Cambiani eine beängsti-
gende Zuspitzung erhalten, und ich glaube, das eigenartige
Interesse, das ich schon früh an diesem genialischen Zauberkünstler genommen habe, war von Anfang an gleichbedeu-
tend mit der Neugier, hinter das Mysterium weniger seiner
Kunststücke, als vielmehr der Motive und Antriebe zu kommen, die diesen zugrundelagen.

Cambianis schwindelerregende Fingerfertigkeit und Virtuosität war indessen nur die eine Seite seines Talents. Dar-

über hinaus verfügte er über eine ungewöhnliche Erfindergabe und Experimentierfreudigkeit, die ihn sein Repertoire nicht nur schnell erweitern, sondern auch ganz neue Kunststücke entwickeln ließen; mit dem Erfolg, daß er der Konkurrenz immer um eine Nasenlänge voraus war. Er schien sich geradezu einen Sport daraus zu machen, die Renommierstücke seiner Kollegen dadurch zu entzaubern, daß er ihnen die magische Krone aufsetzte, wobei er, diesem Effekt zuliebe, oft sein ureigenstes Gebiet, die Manipulation mit Karten, Ringen und Bällen, verließ. Wenn jene zum Beispiel gerade ein Dutzend brennender Zigaretten zwischen ihren Fingern erscheinen ließen, dann griff Cambiani bereits zwölf brennende Kerzen samt Kronleuchter aus der Luft. Wenn jene bei vorher leer gezeigten Händen ein Pfund Salz von einer Hand in die andere rieseln ließen, dann stand Cambiani mit bis zu den Ellbogen aufgekrempelten Armen an der Rampe und bestreute, unter dem tosenden Beifall des Publikums, den ganzen Bühnenboden mit Salz, der anschließend von einer Putzkolonne wieder leergefegt werden mußte. Und wenn die Mehrheit seiner Kollegen noch immer ihre Kaninchenattrappen aus dem Zylinder zogen, die bestenfalls Kurzsichtigen als lebende Exemplare erschienen, dann flatterte aus Cambianis Zylinder bereits ein ganzer Schwarm lebender Tauben. Binnen Wochen sah man verdiente und erfahrene Kaninchenzüchter plötzlich zu Taubenzüchtern konvertieren. Waren sie schließlich so weit, auch mit lebenden Tauben zaubern zu können, dann stand Cambiani bereits auf der Bühne, setzte vier Holzwände zu einer Hundehütte zusammen, warf einen Hundekopf, einen behaarten Rumpf, vier Beine und einen Schwanz nacheinander in die Hütte und – simsalabim! – kroch bellend ein lebender Hund hervor. In den folgenden Wochen sah man stadtbekannte Magier, an deren Frackschößen noch eben Taubenmist klebte, bizarrste Promenadenmischungen spazierenführen.

Cambianis Talent ruhte indessen noch auf einer dritten Säule: Auf seinem untrüglichen Sinn für das, was man den

„magischen Zeitgeist" nennen könnte. Er hatte ein absolut sicheres Gespür für den jeweiligen Publikumsgeschmack und pflegte stets früher als seine Kollegen zu erkennen, wann sich eine bestimmte Richtung oder Mode innerhalb der Zauberkunst überlebt hatte und wann ein Trendwechsel bevorstand. Als sich seinerzeit beim breiten Publikum ein gewisser Überdruß an der klassischen Salon-Magie bemerkbar machte und es, unter dem Einfluß der Grausamkeitswelle in Film und Fernsehen, wieder nach „magischen Schockern" verlangte, war Cambiani der erste, der seine übersättigten Zuschauer wieder das Gruseln lehrte. Um Nervenzusammenbrüchen vorzubeugen, forderte er zunächst die Vertreter des empfindsamen Geschlechts auf, lieber das Theater zu verlassen. Dann legte er zehn Rasierklingen, deren Schärfe er zuvor durch Zerschneiden einer Zeitung demonstriert hatte, Stück für Stück auf seine Zunge, zerkaute und zermalmte sie, schluckte sie unter mehrmaligem Aufstoßen hinunter, spulte einen Zwirnsfaden von einer Garnrolle ab und zog dann die wie an einer Perlschnur aufgereihten Rasierklingen wieder aus dem Mund. – Als sich zwei Jahre später die Wirkung der „magischen Schocker" deutlich abgestumpft hatte und der Ruf nach solchen Kunststücken wieder laut wurde, die den spirituellen und mystischen Bedürfnissen des Publikums mehr Rechnung trugen, war Cambiani der erste, der mit einer Sensation die neue „telepathische Welle" einleitete: Er ließ einen vom Publikum bestimmten Zuschauer eines von drei Büchern auswählen, deren jedes mindestens fünfhundert Seiten umfaßte; ein zweiter Zuschauer wählte daraufhin eine bestimmte Seite in diesem Buch und ein dritter auf dieser Seite einen bestimmten Satz aus. Und siehe da: Es war, wenn auch nicht wörtlich, so doch sinngemäß derselbe Satz, den Cambiani zuvor auf einem Zettel notiert und dem Publikum in einem geschlossenen Kuvert ausgehändigt hatte.

Auf diese Weise war Cambiani schon früh in den Ruf eines magischen Schrittmachers gekommen. Seine frühen Erfolge und seine unangefochtene Avantgarderolle schufen ihm im

Zirkel so manche Neider, zumal der blutjunge Genius es offenbar nicht nötig hatte, die allwöchentlichen Sitzungen zu besuchen, die die Zirkelmitglieder zum Zweck des kollegialen Austausches ihrer magischen Fertigkeiten veranstalteten. Für die Experimente des zaubernden Establishments schien sich Cambiani kaum zu interessieren. Wenn er, was höchst selten vorkam, die Vorstellung eines Kollegen einmal besuchte, verließ er meist schon während der Pause das Theater – ein Verhalten, das freilich als anmaßend empfunden wurde. Ein um so lebhafteres Interesse nahm er dafür an der öffentlichen Wirkung seiner Kollegen; über ihre Erfolge oder Mißerfolge beim Publikum war er stets bestens unterrichtet. Immer wieder war von erstaunten Zirkel-Mitgliedern zu hören, daß Cambiani kurz vor Beginn ihrer Premiere an der Abendkasse angerufen habe, um zu erfahren, ob die betreffende Vorstellung schlecht, halb oder gar ausverkauft sei – als ob der Kassensturz und die Publikumsfrequenz letztendlich für die Qualität eines Zauberkünstlers ausschlaggebend wäre. Cambianis profane Neugier für die Verkaufsziffern und den Pressespiegel seiner Kollegen wirkte auf mich um so befremdlicher, als sie in dieser Hinsicht mit ihm ohnehin nicht konkurrieren konnten; waren doch seine Vorstellungen immer sofort ausverkauft, und nicht jene, sondern *er* pflegte die großen Schlagzeilen in der Presse zu machen.

Wenn aber ein Kollege das seltene Glück hatte, einen „magischen Renner" gestartet zu haben, wie es im Fachjargon heißt, dann konnte er fast sicher sein, am Tag nach der Premiere zum Abendessen in die Villa Cambiani eingeladen zu werden und dortselbst vom Meister auf die liebenswürdigste Weise empfangen und mit den erlesensten Weinen bewirtet zu werden; wobei es mitunter vorkam, daß der Gast im Rausche fortschreitender Verbrüderung schließlich seinen Zauberkoffer öffnete und seinen noch immer erstaunlich nüchternen Wirt in die Geheimnisse seiner Kunst einweihte. Erst am nächsten Morgen stellte er dann mit Bestürzung fest, daß er seinen besten Trick an die Konkurrenz verraten hatte, ohne auch nur einen einzigen Blick in dessen Trickkiste getan zu haben.

Dennoch lag Cambiani nichts ferner, als die Kunststücke anderer einfach nachzuahmen. Er wußte nicht nur, was es heißt, bei der mörderischen Konkurrenz auf dem Zaubermarkt in den Ruf eines Plagiators zu kommen, sondern dies wäre auch mit seinem eigenen Selbstverständnis als absolut einmaliger, *originaler* Zauberkünstler unvereinbar gewesen. Oftmals hatte er in der Presse seiner Überzeugung Ausdruck verliehen, daß der magische Genius nicht einfach aus dem Ärmel zu schütteln, vielmehr nur wenigen Auserwählten gegeben sei; daß demzufolge der originale Zauberkünstler sich erst durch den genialen Einfall erweise, der seinem Kunststück ein einzigartiges und unnachahmliches Gepräge verleihe. Cambiani machte grundsätzlich keine Anleihen bei seinen Berufskollegen, wie es unter diesen gang und gäbe war. Einmal hatte er sogar eine Premiere in letzter Minute platzen lassen, als sich herausstellte, daß eine von ihm groß angekündigte Bühnenillusion vor zwanzig Jahren schon einmal von einem inzwischen in Vergessenheit geratenen italienischen Zauberkünstler vorgeführt worden war. Noch empfindlicher war er, wenn es um die Wahrung der eigenen geistigen Urheberschaft ging; in mehreren Fällen hatte er bereits gegen Kollegen, die ein von ihm erfundenes Kunststück in mehr oder weniger abgewandelter Form dem Publikum präsentierten, eine einstweilige Verfügung erwirkt.

Solche Vorkommnisse mögen das seltsame Unbehagen verstärkt haben, das ich gegenüber diesem magischen Einzelgänger, bei allem Respekt vor seinem Talent, von Anfang an verspürte. Wenn Sie mir, verehrter Leser, diesen Exkurs gestatten wollen: Sind denn nicht viele große Erfindungen der Menschheit erst durch Nachahmung entstanden? Die Erfindung des Flugzeugs zum Beispiel verdankt sich der peniblen aerotechnischen Nachahmung des Vogelfluges, und die moderne Optik, die ja auf der Erfindung der Linse basiert, wäre ohne die physikalische Nachahmung des tierischen und menschlichen Auges nicht möglich gewesen. Die Natur kennt – zum Glück! – noch kein Patent- und Urheberrecht; bloß in der Kunst herrscht der sonderbare Wahn vor, jede Erfindung müsse absolut neu und einzigartig sein; und so suchen denn die meisten Künstler, allen voran die Zauberkünstler, den Zusammenhang mit ihren Vorbildern krampfhaft zu verdekken oder zu verleugnen, um den Nimbus ihrer Einzigartigkeit nicht zu gefährden, mit dem sich ihre Eitelkeit so gerne schmückt und von dem natürlich auch ihr Renommee entscheidend abhängt.

Cambianis manisches Beharren auf der eigenen Orginalität mußte indessen, über die hier angedeuteten branchenüblichen Gepflogenheiten hinaus, noch andere, tiefere Ursachen haben. Denn trotz seines weithin unangefochtenen Rufs, in seinem Metier einzig und unnachahmlich zu sein, schien er von einer unerklärlichen Angst geplagt zu werden, einer drohenden Verwechslung und Verfälschung zum Opfer zu fallen. Davon zeugten, außer seinem Verhalten gegenüber Kollegen, auch seine Sprachgewohnheiten. Fast jeder Satz, den er auf der Bühne sprach, wurde nolens volens zur Paraphrase seines eigenen Ichs: „Ich meine, daß ich der einzige Zauberkünstler bin, der . . . Ich werde Ihnen zeigen, meine Damen und Herren, daß ich – und nur ich – dieses Kunststück fertigbringe . . . Ich pflege mich grundsätzlich nie zu wiederholen, denn ich bin der einzige, der . . .“ Solche Redewendungen, die ihm in Fachkreisen bald den Spottnamen „Der Einzige und sein Eigentum“ eintrugen, häuften sich in seiner ansonsten sehr eleganten und geistreichen Conference. Wie seine Ringe und Bälle schien er auch sein Ich permanent verdoppeln zu müssen – vielleicht aus der geheimen Angst, es zu verlieren?

Selbstredend gab es kaum ein Mitglied des Zirkels, dem Cambiani das bescheinigt hätte, was nach dem Urteil der Presse und des Publikums seine Kunst so auszeichnete: nämlich absolute Orginalität und eine ans Wunderbare grenzende Virtuosität. Die meisten seiner Branche hielt er für mehr oder weniger gute Kopisten oder aber für Dilettanten. Daraus machte er übrigens kein Hehl. Über fast alle namhafte Magier des Landes hatte er ein Urteil parat, das zumeist in Form elegant formulierter und pointierter Epigramme die Runde machte und denen, die es traf, manchmal jahrelang wie ein Fluch anhing. Dies tat indessen seinem Renommee keinerlei Abbruch. Im Gegenteil: Er konnte seine Kollegen öffentlich herabsetzen, bespötteln oder beleidigen, sie schienen ihn darum nur noch mehr zu bewundern; sei es, weil sie es nicht wagten, diesem gefeierten Zauberstar die Kränkungen mit gleicher Münze heimzuzahlen, sei es, weil sie gerade in seinem anmaßenden Urteil den Beweis seiner magischen Größe erblickten.

Durch seinen Charme und seinen sprühenden Geist verstand es Cambiani übrigens immer wieder, jene Kränkungen vergessen zu machen, die er seinen Rivalen zuzufügen pflegte, und manch einer, der ihn zum ersten Mal kennenlernte, fand ihn so charmant und liebenswürdig, daß er geneigt war, die Beschwerden über sein anmaßendes Verhalten für nichts als üble Nachrede zu halten. Und doch ist mir schon früh aufgefallen, daß seine Liebenswürdigkeit meist nur so lange vorhielt, als der betreffende Kollege oder die betreffende Dame eine gewisse Reserve ihm gegenüber bewahrten; in dem Augenblick aber, da sie seinem Zauber erlagen und ihm womöglich noch Komplimente machten, wich seine Verbindlichkeit einem sonderbaren Desinteresse, und seine herabgezogenen Mundwinkel zeigten plötzlich einen gelangweilten oder verächtlichen Zug. In solchen Momenten konnte er seinen Gesprächspartner, für den er noch eben ganz Auge und Ohr gewesen war, abrupt stehenlassen, so daß dieser sich erschrocken fragen mußte, was er denn falsch gemacht habe, um diese plötzliche Abwendung zu verdienen.

Nie aber habe ich Cambiani charmanter und liebenswürdiger erlebt als im Fachgespräch mit den Spitzenmagiern unseres Verbandes, deren Anerkennung er sich gerade in den ersten Jahren seiner Mitgliedschaft noch keineswegs sicher war. Vor Grossini beispielsweise, dem seinerzeit berühmtesten Bühnenillusionisten, der seine eigene Frau auf offener Bühne zersägte und wieder zusammensetzte, pflegte er sich wie ein junger, demütiger Hund zu gebärden; diesem Preisträger des silbernen Zauberstabes, der für den zaubernden Nachwuchs nur ein herablassendes Schulterklopfen übrig hatte, machte er damals fast täglich seine Aufwartung und überschüttete ihn mit Komplimenten, als ob er keinen Stolz zu verlieren hätte. Am Abend jener sagenhaften Premiere, da Cambiani eine geschlagene Viertelstunde lang aus leeren Händen Salz streute – und zwar mit einer sichtlich gequälten Miene, als ob er von selbst nicht mehr aufhören könne, wenn nicht das rasende Publikum ihm endlich Einhalt gebiete – hatte Grossini ihn mit Tränen in den Augen zu seinem Erfolg beglückwünscht. Cambiani bedankte sich bei seinem Kollegen; kaum aber hatte ihm dieser den Rücken gekehrt, sagte er zu mir mit unverhohlener Verachtung: „Dieser Grossini ist meiner Meinung nach am Ende! Auch seine vollen Häuser können nicht darüber hinwegtäuschen, daß sein Talent längst verschlissen ist!"

Diese sonderbaren Brüche in seinem persönlichen Verhalten traten übrigens auch im Verhältnis zu seiner Kunst und zum Publikum auf. Mehrmals habe ich erlebt, daß Cambiani am Tage nach einer erfolgreichen Zauberpremiere – und er hatte mindestens eine pro Jahr – mich um eine Unterredung bat, in der er mir mit leidender Miene seine feste Absicht erklärte, aus dem Magischen Zirkel auszutreten und die Zauberei endgültig an den Nagel zu hängen. Die ersten Male hielt ich seine Rücktrittsgesuche für pure Koketterie, vergleichbar dem Gebaren einer Diva, die, um ihren Erfolg noch zu versüßen, sich der masochistischen Vorstellung hingibt, ihn eigentlich nicht verdient zu haben. Und doch mußte ich mich bald davon überzeugen, daß der notorische Anfall von Berufsekel, von dem dieser sonderbare Mann nach jedem neuen Publikumserfolg heimgesucht wurde, keine Allüre war. Wie ich später von seinem Hausarzt erfuhr, litt er nach jeder Premiere an akuten Schwindelanfällen, die ihm derart auf den Magen schlugen, daß er tagelang keinen Ball und keine Karte mehr anrühren konnte. Infolge dieser periodisch auftretenden Indisponiertheiten hatte es sich sein Manager bereits zur Gewohnheit gemacht, nach einer Premiere mindestens eine Woche lang keine Vorstellung anzusetzen, um seinem Top-Star Gelegenheit zu geben, seine merkwürdigen Unpäßlichkeiten auszuleben, ohne darum Einbuße an Gage oder Renommee zu erleiden.

Auch ich hatte mir inzwischen für den Tag nach einer Cambiani-Premiere die immergleiche Ansprache für ihn zurecht gelegt, um diesen Spitzenmagier, koste es, was es wolle, unserem Verbande zu erhalten. Wenn er so zerknirscht zu mir kam und wieder einmal seine Mitgliedschaft im Zirkel aufkündigen wollte, pflegte ich zu ihm zu sagen: „Wollen Sie uns wirklich verlassen? Soll der Himmel der Magie just den Stern verlieren, der am hellsten strahlt?! Nein, Herr Cambiani, unser Verband braucht Sie und das Publikum verehrt Sie, auch wenn es sich wenig darum kümmert, wie es in der Seele des von ihm vergötterten Künstlers eigentlich aussieht!" Denn daß dieser Mann an einem Unglück litt, das er vor der Welt ebenso verbarg wie die Geheimnisse seiner einzigartigen Kunst, daran bestand für mich bald kein Zweifel mehr." Aber ich habe so ein übles Gefühl im Magen", pflegte er darauf im Tone tiefster Niedergeschlagenheit zu antworten." Da führe ich ein paar Kunststückchen vor, und gleich geraten die Leute so aus dem Häuschen und machen einen Wind, als ob es sich um echte Wunder handle!"

Dieser Mann, verehrter Leser, litt offenbar wirklich darunter, daß er statt *echter* Wunder nur virtuose Kunststücke vollbrachte und daß das Publikum diese auch noch wie echte Wunder beklatschte.

2. DAS ERSCHEINUNGSWUNDER

Ich weiß nicht genau, wann zum ersten Mal das Gerücht aufkam, Cambiani sei mehr als nur ein virtuoser Zauber- bzw. Trickkünstler. Auf einmal jedenfalls war dieses Gerücht in Umlauf und seither nicht mehr einzudämmen. Eines Tages erschien in der Sensationspresse ein ganzseitiger Artikel mit der Überschrift: „Das Wunder der Telekinese". Der Verfasser behauptete, daß es telekinetische Kräfte gebe, vermöge derer der Mensch ohne Beteiligung irgendeiner bekannten physikalischen Energie oder mechanischen Vorrichtung einen entfernten Gegenstand in Bewegung setzen könne. Und als Kronzeugen seiner Behauptung führte er Cambianis bekanntes Kunststück mit der Spielkarte an. „Die Tatsache", so hieß es, „daß die Karte erst zehn Meter durch den Raum segelt, um dann wie ein Bumerang wieder in die Hände des Magiers zurückzukehren, beruht auf einer telekinetischen Fernwirkung. Cambiani zwingt der Spielkarte seinen Willen auf." Über diesen haarsträubenden Unsinn wurden im Zirkel zunächst nur Witze gemacht. Aber die Sache ging weiter. In einer populären Fernsehsendung mit dem vielsagenden Titel „Sinnlich-Übersinnliches" stellte ein Parapsychologe die Behauptung auf, daß es eine bislang kaum erforschte psychische Energie gebe, die sogenannten Psi-Kräfte, vermöge derer der Mensch über die physikalischen Gesetze triumphieren könne. Als Beweis führte er unter anderem Cambianis berühmtes „Ballwunder" an, das – worin sich die Experten seit langem einig waren – die Grenze menschenmöglicher Jonglierkunst längst überschritten habe. „Cambiani", erklärte der Parapsychologe vor zwanzig Millionen Fernsehzuschauern, „verfügt offenbar über ungewöhnlich starke Psi-Kräfte, die sich in seinen Fingerkuppen konzentrieren und kraft derer er die Schwerkraft suspendieren kann." Einige Kollegen aus dem Zirkel schrieben daraufhin gesalzene Leserbriefe an die Fern-

sehredaktion, sie würden sich in Zukunft solche Spintisiere-
reien verbitten, die den ganzen Zirkel in Verruf brächten. Es
dauerte jedoch nicht lange, und in einer TV-Podiumsdiskus-
sion zum Thema „Psi – Ich weiß nicht wie!" verfocht eine
Kapazität auf dem Gebiete der Astrophysik die These, daß
der Mensch kraft der in ihm wirkenden Psi-Kräfte in der Lage
sei, auch jenen Widerstand zu brechen, den ihm die Materie
normalerweise entgegensetze. Und als Beweis führte er unter
anderem Cambianis berühmtes Ringspiel an; durch die „Po-
lung seines inneren Kraftfeldes" gelinge es ihm, selbst eine so
solide und feste Materie wie Metall blitzartig zu durchdringen. Wenig später wurde auf einem interdisziplinären Fach-
kongreß von Philosophen, Psychologen und Gehirnforschern
zum Thema „Grenzen der menschlichen Willensfreiheit" –
einer höchst seriösen Veranstaltung immerhin – von nam-
haften Wissenschaftlern die Behauptung aufgestellt, daß der
Mensch bei vollständiger Konzentration seiner parapsychischen Kräfte auch die Willensfreiheit eines anderen Menschen vollständig aufheben könne. Und wieder mußte Cambiani, in diesem Fall sein telepathisches Kunststück mit den
drei Büchern, als Beweis dafür herhalten: Die Tatsache, daß
die Zuschauer aus zirka 1500 Buchseiten just den einen und
einzigen Satz auswählen, den Cambiani zuvor auf einem Zettel notiert habe, spreche ebenso sehr für sein hellseherisches
wie für sein hypnotisches Vermögen. Ihre Wahl sei offenbar
durch „hypnotische Fernsteuerung ihrer Gehirnströme" vor-
programmiert. – Auch die Vertreter ernstzunehmender Wis-
senschaften gerieten also, wie ich zu meiner großen Beunru-
higung feststellen mußte, in den Sog dieser Stimmung.

Ich will Ihnen, verehrter Leser, die Aufzählung und Beschreibung der aberwitzigen Hypothesen und Mythen, die
sich von nun an um die Person Cambianis rankten und die
ein Buch für sich füllen würden, hier ersparen. Sein Ruf, über
wunderbare Kräfte zu verfügen und überhaupt eine so bezwingende Persönlichkeit zu sein, daß er Menschen wie Dingen jederzeit seinen Willen aufzwingen könne, verbreitete

sich wie ein Lauffeuer. Zwar forderten Zirkelmitglieder ihn immer wieder zu einer öffentlichen Stellungnahme auf, um den hanebüchenen Gerüchten, die über ihn in Umlauf waren, endlich ein Ende zu setzen, aber Cambiani hielt sich sonderbarerweise immer zurück.

Es vergingen wohl Wochen und Monate, bis sich der Spitzenmagier des Landes wieder zu einem seiner beliebten – und nun mit um so größerer Spannung erwarteten – Auftritte in der populären Fernsehsendung, „Der magische Blick" bewegen ließ. Nachdem er, wie üblich, einige Kostproben seiner zauberhaften Kunst gegeben hatte, fragte ihn der Moderator mit seltsam feierlicher Stimme, ob bei den Kunststücken, die er eben vorgeführt habe, nicht auch *andere* Kräfte als Fingerfertigkeit, Geschicklichkeit und so weiter im Spiel seien. Cambiani quittierte diese Frage mit einem rätselhaften Lächeln.

Aber der Moderator ließ nicht locker. Ob es denn wahr sei, was die Leute von ihm glaubten: Daß er *wirklich* die Schwerkraft aufheben, die Materie durchdringen und sich einen fremden Willen unterordnen könne? Cambiani lakonisch: „Woran man glaubt, das gibt es auch. Was man nicht glaubt, gibt es nicht!" – Ein Orakelspruch, über dessen Bedeutung vierzig Millionen Fernsehzuschauer noch Wochen danach die tollkühnsten Mutmaßungen anstellten.

Cambianis sonderbarer Fernsehauftritt löste im Zirkel Beklemmung und Unruhe aus; hatten die Mitglieder doch gerade von ihrem prominentesten Vertreter eine eindeutige Distanzierung von der obskuren Gerüchteküche erwartet, die den ganzen Zirkel ins Zwielicht zu bringen drohte. Ein über Cambianis Verhalten erbitterter Kollege, der immerhin schon ein Dutzend Jungfrauen auf offener Bühne hatte schweben lassen, wandte sich sogleich in einem offenen Brief an die *Magische Rundschau.* Wenn – so schrieb der Kollege – Cambiani mit dem Himmel auf so gutem Pferdefuß stehe, daß die Schwerkraft bei ihm tatsächlich eine Ausnahme mache und, sobald er die Bühne betrete, zu wirken aufhöre, dann rate er ihm dringend, die „schwebende Jungfrau" doch gleich auf dem Marktplatz vorzuführen oder noch besser: Gleich wie weiland Jesus Christus über den städtischen Karpfenteich zu wandeln, ohne sich dabei naß zu machen!

So verständlich der Zorn der Kollegen über Cambianis zwielichtiges Verhalten auch war, sie begriffen nicht, daß dieses Verhalten Methode hatte. Cambiani war ihnen nämlich, wie immer, um eine Nasenlänge voraus. Er hatte längst registriert, daß die Zauberkunst im Zuge ihrer Popularisierung den Nimbus des Einzigartigen, Unnachahmlichen und Wunderbaren eingebüßt hatte; dank des handelsüblichen Zauberkastens *Zaubern – Leicht gemacht!*, an dessen Umsatz übrigens auch Cambiani mit einem kleinen Balltrick beteiligt war, konnte inzwischen jedes Kind von sich behaupten, zaubern zu können. Auch war der Zauberkunst im Zuge ihrer Verwissenschaftlichung und Mechanisierung vieles von dem verloren gegangen, was ihre frühere Faszination ausmachte. Das Publikum war der Kunststücke, die auf Tricks und mechanischen Wirkungen beruhten, inzwischen überdrüssig geworden; wußte es doch, daß die Zauberstäbe, die der Magier dutzendweise aus der Luft griff, in Wahrheit zusammenziehbare Stahlfedern, daß die Blumensträuße, die er en masse erscheinen ließ, in Wirklichkeit künstliche Klappblumen waren und daß selbst die „schwebende Jungfrau" an irgendeiner verborgenen Halterung hing. Aber auch Fingerfertigkeit und artistischer Umgang mit dem Objekt schienen auf das Publikum nicht mehr denselben Reiz auszuüben wie früher; die Achtung vor der rein handwerklichen, artistischen Seite der Zauberkunst war im Schwinden begriffen, wie Cambiani den vielen Klagen seiner Kollegen über den nachlassenden Besucherstrom entnehmen konnte.

Mit seinem eigentümlichen Spürsinn hatte er früher als andere erkannt, daß sich der Überdruß des breiten Publikums an der mechanischen und artistischen Zauberei zugleich mit der latenten Sehnsucht nach *echten* Wundern verband, an die es nach so vielem faulen Zauber wieder *glauben* wollte. Wenn in früheren Zeiten die Popularität des Wunderglaubens aus dem Mangel an Aufklärung und Naturbeherrschung herrührte, so schien dieser Wunderglaube – nun umgekehrt – gerade dem Überdruß an Wissenschaft und Technik zu entspringen. Das Bedürfnis nach dem Irrationalen und Wunderbaren, das sich nicht nur unter den Freunden der Zauberkunst, sondern überall im Volke wieder zu regen begann, war der Rückschlag gegen eine seelenlose wissenschaftliche Aufklärung, die dem Menschen kein Rätsel mehr übriggelassen hatte, den Himmel physikalisch, die Hölle psychoanalytisch und das Leben biochemisch restlos zu ergründen vorgab; es war zugleich der Rückschlag gegen die blinde Verherrlichung des technischen Fortschritts. Denn je größere Wunderdinge die Technik vollbrachte, um so mehr schienen die Talente und Fähigkeiten der Menschen selbst zu verkümmern. Im Räderwerk einer gottähnlichen Technik waren sie zu auswechselbaren Rädchen und Schräubchen geworden, die nur noch auf eine stumpfsinnige Weise zu funktionieren hatten. So sehnten sie sich verständlicherweise wieder nach Wundern und Wundermännern, die stellvertretend für sie jene *Allmacht* verkörperten, die die omnipotenten technischen Apparate ihnen genommen hatten.

Ja, die Menschheit schien nachgerade von einem allgemeinen Entsetzen ergriffen zu werden, hatte sich doch der Götze Fortschritt und Technik, dem sie nach dem großen Krieg so lange gehuldigt hatte, als gefährlicher Dämon entpuppt, der die Natur und die urbane Umwelt unwiderbringlich zerstörte. Auch der einst begeisterte Tanz ums Goldene Kalb des Konsums war inzwischen einer furchtbaren Katerstimmung gewichen. In dieser Situation begann der ernüchterte und verschreckte Zeitgenosse fieberhaft nach neuen Werten und Glaubensinhalten zu suchen; der Himmel indessen war mit Reklamesprüchen und Preisschildern zugekleistert und das Antlitz der alten Götter von giftigen Abgasen längst zersetzt. Wo also konnte er jetzt noch hoffen, den *neuen* Gott zu finden, als in sich selbst oder im vergötterten Selbst eines anderen, zum Erlöser, Führer, Genie oder Wundermann berufenen Menschen?!

Es war also abzusehen, daß das geistige und seelische Vakuum, das unsere Gesellschaft allenthalben erzeugt hatte, alsbald zum Nährboden für die aberwitzigsten *Ersatz*-Religionen werden mußte. In der Tat fielen immer größere Teile der Jugend, die den Boden unter den Füßen verloren hatten, den neuen Ego-Kulten, den Kulten der Nabelanbetung und Selbstversenkung anheim; oder die tiefe Sehnsucht nach irgendeiner Art von kollektiver Sinngebung und Transzendenz trieb sie zu Hunderttausenden obskuren Sektenführern, Religionsstiftern und selbsternannten Gurus zu, die sich auf irgendeinen Satz der Bibel, des Sanskrits oder des tibetanischen Totenbuchs beriefen.

Sie können sich vorstellen, verehrter Leser, daß ein Mann vom Schlage Cambianis nicht einfach tatenlos zusah, bis dieses obskure Gelichter, dem das Publikum bereits in Scharen zulief, ihn aus seiner angestammten Rolle als erster Magier des Landes verdrängt hatte. Wenngleich er den Abscheu der Gebildeten gegenüber den okkulten Ausdünstungen der Volksseele teilte, so hatte er andererseits allen Grund zu der Befürchtung, daß die herkömmliche Zauberkunst das massenhafte Bedürfnis nach neuen Mythen und Wundern kaum mehr befriedigen und auf lange Sicht mit der spontanen Wundertätigkeit der überall entstehenden Sekten, Zirkel und Geheimverbände nicht mehr konkurrieren könnte. Cambiani stand also vor der Wahl, entweder seine Kunst an den Nagel zu hängen (wie er schon so oft die Absicht gehabt hatte), oder ihr durch ein einzigartiges Wunder auf Dauer unumschränkte Autorität zu sichern. Dieses Wunder mußte so beschaffen sein, daß er sich die Konkurrenz der vielen kleinen Gurus und Möchtegern-Zauberer mit einem Schlag vom Halse schaffte; es mußte also ein wahrhaft *biblisches* Wunder sein, das ihn in dieser gottlosen Zeit selber zur Gottheit erhob, zum Monopolherrn auf dem Markte der Leichtgläubigkeit, neben dem es keine anderen Götter mehr geben durfte.

Zwei Tage nach Erscheinen jenes offenen Briefes, in dem besagter Kollege unter Hinweis auf die Wundertaten des Herrn Jesus Cambianis unsterbliche Kunst verhöhnt hatte, gab dieser im Rundfunk folgende Erklärung ab: Da er nichts so sehr hasse wie Plagiate, ob im Leben oder in der Kunst, werde er sich hüten, das längst abgedroschene Kunststück mit der „schwebenden Jungfrau" zu wiederholen; auch sei ihm der städtische Karpfenteich ein zu schmutziges Gewässer, um darüber zu wandeln; doch gedenke er, in Bälde ein absolut einmaliges Zeugnis *wahrer* Zauberkunst abzulegen, indem er sich selbst auf offener Bühne beerdigen werde, um im selben Moment an einem dreißig Meter entfernten Ort buchstäblich aufzuerstehen – ein *Wunder*, das bisher kein Magier der Welt fertig gebracht habe – mit Ausnahme des Herrn Jesus Christus, der aber nach geltender Vorstellung nicht zu den Magiern, sondern zu den Heiligen zähle.

Die meisten Kollegen aus dem Zirkel hielten Cambianis phantastische Ankündigung zunächst für einen Scherz; einige meinten, seine frühen Erfolge seien ihm derart zu Kopfe gestiegen, daß man nun ernsthaft um seinen Verstand bangen müsse. Als aber zwei Monate später alle Litfaßsäulen des Landes Cambianis „Auferstehungswunder: Das größte Erscheinungswunder seit Jesus Christus" ankündigten – bezeichnenderweise war die Uraufführung auf den Ostersonntag, 20 Uhr im Olympia-Theater angesetzt! – machten sie allesamt lange Gesichter und rätselten Tag und Nacht, wie Cambiani dieses Wunder bloß bewerkstelligen wolle.

Infolge der imposanten Vorankündigungen war die Premiere schon Wochen vorher vollständig ausverkauft. Einzelne Besucher hatten sich rechtzeitig ganze Kartenkontingente gesichert, die nun hintenherum zu Höchstpreisen gehandelt wurden; ein regelrechter Schwarzmarkt blühte um die sogenannten Cambiani-Billette auf, deren Kurswert sich über Nacht verdoppelte und verdreifachte. Nicht nur die magische Fachwelt des In- und Auslandes, auch die Prominenz des ganzen Landes war zu der großen Premiere angereist.

Falls Sie, verehrter Leser, zu denjenigen gehören sollten, die nicht dabei gewesen sind, will ich Ihnen diese Welturaufführung im ausverkauften Olympia-Theater hier kurz beschreiben. Der erste Teil der Premiere verlief zunächst ohne besondere Vorkommnisse und Höhepunkte. Geduldig ertrug das Publikum das anderthalbstündige Rahmenprogramm, das der angekündigten Sensation vorausging, um deretwillen es eigentlich gekommen war. Allerdings erhielten jene Kunststücke, die schon seit langem im Verdacht standen, sich den parapsychischen und übersinnlichen Fähigkeiten Cambianis zu verdanken, einen so frenetischen Beifall, daß Cambiani sich diesen mit Rücksicht auf den zügigen Ablauf der Vorstellung schließlich verbitten mußte. Als er endlich das „Große Finale – das größte Erscheinungswunder seit Jesus Christus" ankündigte, lief eine Welle der Erregung durch das Parkett. Im selben Moment begannen die Fernsehkameras zu surren, die das zu erwartende Wunder live auf allen gleichgeschalteten Programmen übertrugen.

„Meine Damen und Herren", begann Cambiani mit leiser, fast flüsternder Stimme – wahrhaftig, er verstand sein Handwerk, denn augenblicks wurde es so still im Saal, daß man eine Stecknadel hätte fallen hören können! – „Die meisten Zauberkünstler pflegen von sich zu behaupten, daß sie wirklich zaubern können, obwohl sie doch *nur so tun*, als könnten sie zaubern. Und Sie, verehrtes Publikum, sind gewohnt, über diese gleichsam professionelle Anmaßung augenzwinkernd hinwegzusehen. Und doch, frage ich Sie, wer von Ihnen vermag mit Sicherheit auszuschließen, daß es unter all diesen Möchtegern-Zauberern, nicht vielleicht *einen* gibt, der *wirklich* zaubern kann?!" Tobender Applaus, in dem selbst einzelne Zwischenrufe wie „Hört! Hört! Das wollen wir doch erst mal sehen!" sofort untergingen. „Meine Damen und Herren", fuhr Cambiani mit leichter Verbeugung gegen sein Publikum fort, „ich überlasse es Ihnen herauszufinden, wer unter all den professionellen Falschspielern, die auf Ihre Leichtgläubigkeit setzen, der *wahre* Zauberer ist. Was mich betrifft: Ich beuge mich weder den Gesetzen der Schwerkraft noch denen des Raums und der Zeit, sondern einzig dem Urteile meines Publikums! Außer diesem erkenne ich keine Macht auf Erden noch im Himmel an, die meinem absoluten Willen und meiner absoluten Freiheit a priori Grenzen setzen könnte. Zum Beweis werde ich mich jetzt, vertrauend einzig auf meine mir von der Vorsehung verliehenen magischen Kräfte, auf offener Bühne selbst beerdigen, um im selben Moment an einem dreißig Meter entfernten Ort vor Ihren Augen leibhaftig aufzuerstehen!"

Totenstille ist eingetreten, als ob eine tausendköpfige Menge auf Befehl den Atem angehalten hätte. Nur der Hall der schweren Tritte Cambianis auf der weiten Bühne, in deren Mitte ein schwarzer Kasten steht, ist noch zu hören. „Dieser Kasten, den Sie hier sehen, meine Damen und Herren, ist ein aufklappbarer Sarg, die letzte Hülle des Menschen. Er ist vollständig leer. Bitte, überzeugen Sie sich selbst!" Zum Beweis klappt Cambiani nun die Wände des Kastens nacheinander auf. Dann stellt er den wieder zugeklappten Sarg schräg gegen ein kleines Podest. „Und nun, meine Damen und Herren, verabschiede ich mich von Ihnen. Wovor sich jeder Mensch fürchtet, ich tue es freiwillig; denn ich bin mein eigener Jedermann und lege mich, nicht weil ich muß, sondern weil ich *will, freiwillig* zur letzten Ruhe." Cambiani steigt in den Sarg und schließt den Deckel über sich. Dann tritt jener Augenblick absoluter Stille ein, der jedem wirklichen Mysterium vorauszugehen hat. Noch einmal hebt sich langsam der Deckel. Hysterisches Kreischen aus dem Parkett. Cambiani steckt den Kopf aus dem Sarg: „Noch bin ich da!" sagt er mit rätselhaftem Lächeln. Dann schließt sich der Deckel. Ein Paukenschlag wie ein Donner, der Deckel springt auf: Der Sarg ist leer. „Es ist vollbracht!" ertönt im *selben* Moment eine laute Stimme von hinten. Alles fährt herum: Cambiani steht, die ausgestreckte Rechte wie zum Gruß oder zum Segen erhoben, im purpurnen Mantel, auf dem Haupt einen Zylinder mit goldenem Hutband, der wie ein Heiligenschein wirkt, in der Kaiserloge, die etwa dreißig Meter von der Bühne entfernt ist. Das Publikum ist vor Schreck wie gelähmt. Totenstille, dann kommen die ersten verstörten Rufe aus dem Parkett: „Das geht nicht mehr mit rechten Dingen zu!" „Mein Gott! Ein wahrhaftiges Wunder!" Nun kennen die Leute kein Halten mehr: Sie rasen, brüllen, toben, trampeln mit den Füßen, bis sich der Jubel schließlich in einer nicht mehr abreißenden Salve von Heil-Rufen Bahn bricht: „Heil Cambiani! Heil! Heil! Heil! . . . Cambiani, der größte, der einzig wahre Zauberer dieses Jahrhunderts!"

Mit diesem Tage war, wie Sie wissen, Alfredo Cambianis Weltkarriere besiegelt. Er hatte ein geradezu biblisches Wunder vollbracht, das keiner enträtseln, keiner nachmachen konnte. Sein schierer Erfolg brachte selbst seine beherztesten Kritiker aus dem Magischen Zirkel zum Schweigen, die natürlich sogleich zu den verschiedensten Hypothesen ihre Zuflucht nahmen. Einige meinten, Cambiani arbeite, wie schon so oft, mit einem Spiegel-Effekt; so daß also entweder der Cambiani, der im Sarg verschwinde, oder der, welcher in der Kaiserloge erscheine, auf einer optischen Täuschung beruhen müsse. Dem widersprach allerdings die Tatsache, daß sowohl der verschwindende als auch der erscheinende Cambiani, selbst aus nächster Nähe betrachtet, vollkommen körperlich und dreidimensional wirkte. Andere wiederum meinten, Cambiani arbeite mit einer mechanischen Attrappe, mit einer Art Roboter, der ihm täuschend ähnlich sei. Aber auch die Roboter-Theorie ließ viele Fragen offen; denn die moderne Computer-Technik war bisher außerstande, einen Roboter herzustellen, der in all seinen Äußerungen so *lebendig* wie ein Mensch wirkte und noch dazu eine perfekte Kopie eines anderen Menschen darstellte.

Wie Sie sich vorstellen können, wurde die Villa Cambiani bald zum Wallfahrtsort für Geheimwissenschaftler aller Art, für Parapsychologen, Psi-Forscher, Spiritisten, Okkultisten, Anthroposophen, Reinkarnationsphilosophen und andere, die in diesem Wundermann nun den endgültigen Beweis für die Existenz übersinnlicher und übernatürlicher Kräfte erblickten. Die Parapsychologen etwa führten Cambianis Erscheinungswunder auf eine Massenhypnose zurück, während die Psi-Forscher die Auffassung vertraten, daß Cambiani gemäß der Einstein'schen Gleichung $E = m C^2$ seine eigene Körpermasse durch Multiplikation mit der Lichtgeschwindigkeit in Energie verwandle, und so den dreißig Meter langen Weg vom Sarg auf der Bühne zur Kaiserloge in einer Tausendstelsekunde zurücklegen könne.

Auf dem Weltkongreß des Magischen Zirkels wurde Alfredo Cambiani schließlich die höchste Ehrung zuteil, deren ein Magier überhaupt teilhaftig werden kann. Er wurde mit dem Goldenen Zauberstab ausgezeichnet, der alle hundert Jahre höchstens einmal verliehen wird. Cambiani lehnte diesen erst zweimal ab, beim dritten Mal schließlich nahm er ihn an. Ganze Heerschaaren von Zauberlehrlingen pilgerten in der Folgezeit zu ihm, um diesen größten Magier des Jahrhunderts aus der Nähe zu sehen. Sein Ruf und seine magische Wirkung indessen strahlten weit über den engen Kreis der Freunde der Zauberkunst hinaus. Überall im Lande bildeten sich alsbald sogenannte Cambiani-Zirkel, deren Mitglieder bald nach Legionen zählten, nachdem sich ihnen auch die vielen kleinen Gurus, Nabelanbeter und Heilspropheten angeschlossen hatten, die in Cambiani nunmehr ihren Meister gefunden hatten.

Spätestens jetzt, verehrter Leser, werden Sie mich fragen, wie ich seinerzeit zu Cambianis Erscheinungswunder stand. Gestatten Sie zunächst die Gegenfrage: Haben nicht auch Sie an Cambiani *geglaubt*? Und selbst wenn Sie nicht an ihn geglaubt haben, wer hätte Ihrem Unglauben noch Gehör geschenkt? – Was mich betrifft! Zwar hatte auch ich für sein Erscheinungswunder absolut keine Erklärung; denn der Cambiani, der in den Sarg stieg, war mit Sicherheit so echt und *original* wie der, welcher in der Kaiserloge erschien. Schließlich kannte ich Cambianis Redeweise, seinen Tonfall, seine Gebärden- und Gestensprache bis in die kleinsten Nuancen – ein Austausch seiner Person war schlechterdings unmöglich. Trotzdem war ich der festen Überzeugung, daß es auch bei diesem Wunder zuletzt mit rechten Dingen zugehen müsse. Ich wäre indessen nicht ehrlich, wenn ich Ihnen verschwiege, daß die spukhaften Erklärungen meiner Zeitgenossen mich zutiefst beunruhigten und mich manchmal sogar an mir selber irre werden ließen. Wie sollte ich auch nicht an meinem Verstand zweifeln, so doch die halbe Welt an diesen Wundermann glaubte?! Entweder war ich oder die Welt verrückt. Um vor mir selbst Recht zu behalten, mußte ich praktisch die halbe Welt ins Unrecht setzen. Und – sagen Sie selbst! – gehört dazu nicht auch eine an Wahn grenzende Vermessenheit? Übrigens versichere ich Ihnen: Das Publikum hätte mich eher gelyncht, als sich den Glauben an seinen vergötterten Wundermann von mir, einem einsamen „Defaitisten" und „Ketzer" aus dem Magischen Zirkel, nehmen zu lassen. Denn hier lag doch das eigentliche Wunder begraben: Die magische Verwandlung eines gewöhnlichen, wenngleich virtuosen Trickkünstlers in einen Wundermann durch die schiere Wunschmacht des Glaubens! Oder, wie die Aufgeklärten unter Ihnen sagen würden: durch eine wahnhafte Massenprojektion! Aber was ist mit diesem Wort schon erklärt?

Aufgrund des anhaltenden Massentaumels, den Cambianis Erscheinungswunder Abend für Abend im Olympia-Theater auslöste, sahen sich die höchsten Würdenträger von Staat und Kirche schließlich zum Eingreifen genötigt. Denn die mythische Verehrung, die diesem Magier allenthalben entgegengebracht wurde, drohte auf Dauer jedwede staatliche und kirchliche Autorität zu untergraben. Wie Sie wissen, leitete die Staatsanwaltschaft ein Ermittlungsverfahren gegen Alfredo Cambiani wegen „Verächtlichmachung des religiösen Empfindens", des „Verdachts auf Vorspiegelung falscher Tatsachen in Hinblick auf Betrug" und des „Verdachts auf Propagierung staatsfeindlicher Ideen" ein. Kein Verfahren in der neueren Geschichte hat die Ohnmacht der weltlichen Gerichtsbarkeit bei dem Versuch, der Massenepidemie eines gefährlichen Wunderglaubens mit juristischen Mitteln Einhalt zu gebieten, so schlagend demonstriert wie dieses. Gegen den Glauben helfen eben Paragraphen nicht!

Gestatten Sie mir, an dieser Stelle aus den Ermittlungsakten zu zitieren, in denen das Verhör zwischen dem Staatsanwalt und dem Angeklagten Cambiani protokollarisch festgehalten ist:

„Staatsanwalt: Herr Cambiani! Sie haben mehrfach öffentlich von sich behauptet, daß Sie im Unterschied zu Ihren Berufskollegen *wirklich* zaubern können! ·

Cambiani: Im Gegenteil! Ich bin der einzige Zauberer, der diese allzu durchsichtige Reklame niemals nötig hatte!

Staatsanwalt: Schon vor einem Jahr, anläßlich Ihres Jonglierkunststücks mit den sechzehn Bällen haben Sie der Öffentlichkeit vorgespiegelt, Sie könnten die Schwerkraft tatsächlich aufheben!

Cambiani: Nicht ich, die Presse hat das zuerst behauptet!

Staatsanwalt: Anläßlich Ihres sogenannten Erscheinungswunders haben Sie sogar behauptet, daß Sie sich – ich zitiere – „weder den Gesetzen der Schwerkraft noch denen des Raums und der Zeit beugen".

Cambiani: Beweisen Sie mir erst mal das Gegenteil!

Staatsanwalt: Wie das Gegenteil?

Cambiani: Daß im Falle meines Erscheinungswunders die physikalischen Gesetze von Raum und Zeit noch in Kraft sind!

Staatsanwalt: Herr Cambiani! Sie haben Ihr sogenanntes Erscheinungswunder ganz bewußt so inszenuert, daß es, jedenfalls vom gläubigen Teil

	des Publikums, als Wiederholung des Auferstehungswunders von Jesus Christus aufgefaßt werden mußte!
Cambiani:	Es ist nicht meine Aufgabe, meinem Publikum darüber Vorschriften zu machen, was es von mir und meinen Kunststücken zu halten hat.
Staatsanwalt:	Sie haben sich – darüberhinaus – in der Vorrede zu Ihrem Kunststück ausdrücklich auf jene ‚Vorsehung‘ berufen, die unseren Staat schon einmal in den Abgrund geführt hat.
Cambiani:	Ich habe diesen Begriff lediglich als rhetorische Umschreibung des sehr viel profaneren Begriffs ‚Schicksal‘ benutzt. Die gehobene, antikisierende oder altertümelnde Redeweise ist ein Stilmittel, dessen sich viele Zauberkünstler bedienen!
Staatsanwalt:	Aber Sie haben die Vergötzung Ihrer Person mit allen nur denkbaren Mitteln gefördert, zum Beispiel indem Sie bei Erscheinen in der Kaiserloge gewisse Grußformen benutzt haben, die bei dem nostalgisch gesinnten Teil des Publikums unweigerlich die Erinnerung an einen anderen Personenkult hervorrufen mußte . . .
Cambiani:	Ich habe lediglich auf biblische Weise gegrüßt. Wie ja auch mein purpurner Mantel eindeutig als Bibelzitat gekennzeichnet war!
Staatsanwalt:	Und wie kommt es dann, daß Ihr scheinbar so unschuldiges ‚Bibelzitat‘ von der Mehrheit des Publikums mit emphatischen Heil-Rufen quittiert wurde?
Cambiani:	Es liegt nicht in meiner Macht, dem Publikum die Formen seiner Beifallskundgebungen vorzuschreiben!"

Wie Sie sehen, verehrter Leser, erwies sich selbst der Staatsanwalt der virtuosen Selbstverteidigung Cambianis nicht gewachsen. Hier noch ein Auszug aus der Rede seines Anwalts, des besten Verteidigers im Land, der bei der Vernehmung zugegen war.

„Verehrter Herr Staatsanwalt! In unserem modernen Strafgesetzbuch gibt es keinen einzigen Paragraphen, der den Glauben an übernatürliche und übersinnliche Kräfte, wie sie auch meinem Mandanten nachgesagt werden, unter Strafe stellt. Und meines Erachtens zurecht! Denn dies stünde in fundamentalem Gegensatz zu dem in unserer Verfassung verbrieften Grundrecht der Glaubens- und Religionsfreiheit, der zufolge jeder Mensch das Recht hat, zu glauben, an was und wen immer er will.

Auch bedaure ich, der Staatsanwaltschaft mitteilen zu müssen, daß es bisher in unserer gesamten juristischen Literatur kein meßbares, wissenschaftlich einwandfreies Kriterium dafür gibt, wo das Natürliche aufhört und das Übernatürliche beginnt. Folglich kann auch die Behauptung oder der Ruf eines Menschen, über wunderbare, weil unerklärliche Kräfte zu verfügen, kein strafwürdiges Vergehen sein. Selbst wenn unser Strafrecht – was Gott verhüten möge! – eines Tages dahin kommen sollte, den Glauben an Wunder und wunderbare Kräfte unter Strafe zu stellen, dann gehörten, denkt man diese Logik zu Ende, zuallererst diejenigen auf die Anklagebank, die sich zu diesem Glauben hinreißen lassen: Das Publikum nämlich! Dann freilich kämen wir aus dem Prozessieren nicht mehr heraus! Es gibt kein Genie, keinen Wundermann, der nicht erst von seinen Zeitgenossen dazu gemacht bzw. erklärt worden wäre! – Verehrter Herr Staatsanwalt! Wie, frage ich, hätte sich mein Mandant gegen die mythische Verehrung seitens des Publikums eigentlich wehren sollen? Hätte er etwa das Geheimnis seines Kunststücks oder Wunders der Öffentlichkeit preisgeben sollen? Das ‚Berufsgeheimnis‘ – darin werden Sie mir sofort zustimmen! – gehört ebenso zu den verbrieften

Rechten seines Gewerbes wie andernorts das Arzt- Bank- oder Betriebsgeheimnis!

Schließlich – erlauben Sie mir, dies noch hinzuzusetzen! – gibt es in der Natur so viele wunderbare und rätselhafte Dinge, daß nur ein engstirniges und mechanistisches Denken, wie es in unseren Tagen freilich weit verbreitet ist, ihr Vorhandensein leugnen könnte. Der Mensch wäre niemals über die Anfangsstadien der Zivilisation hinaus gelangt, wenn er nicht zuerst an Wunder geglaubt hätte, die er oder Generationen nach ihm unter Aufbietung aller Kräfte schließlich verwirklicht haben. Vieles von dem, was uns heute ganz selbstverständlich und natürlich scheint – etwa die Tatsache, daß wir durch Wählen einer Nummer mit einem Menschen sprechen können, der tausende von Kilometern von uns entfernt ist, oder durch Knopfdruck ein Bild von Vorgängen und Ereignissen empfangen können, die gerade an einem ganz anderen Ort passieren – wäre dem Menschen früherer Zeiten als reines, unfaßbares Wunder vorgekommen. Der Glaube versetzt Berge, heißt es. Und wer kann mit Sicherheit ausschließen, daß der Mensch nicht irgendwann auch dahin gelangen wird, die Schwerkraft oder die Gesetze von Raum und Zeit aufzuheben, wie es meinem Mandanten schon heute nachgesagt wird, und vermittels jener unbekannten Energie, die bereits Gegenstand der Psi-Forschung ist, eines Tages sogar durch das Schlüsselloch der Ewigkeit zu schauen?!

Aus all diesen Gründen und Erwägungen bitte ich, das Verfahren gegen den Zauberkünstler und Wundermann Alfredo Cambiani unverzüglich einzustellen; um so mehr, als die Staatsanwaltschaft über keinerlei reale Beweise und juristische Handhaben gegen meinen Mandanten verfügt!"

Nach den ersten Pressemitteilungen über den Stand der Ermittlungen im Fall Cambiani folgte lange nichts mehr. Auf Nachfrage seitens der Presse verlautbarte die Staatsanwaltschaft einige Monate später, daß noch weitere Ermittlungen angestellt würden. Nach einem halben Jahr hieß es, das Verfahren sei immer noch nicht abgeschlossen; nach Ablauf weiterer sechs Monate gab ein hoher Justizbeamter vor Journalisten schließlich zu, daß das Ermittlungsverfahren gegen Cambiani niedergeschlagen worden sei. So groß die Blamage für die Justiz, so groß der Sieg für den „zweiten Cagliostro", wie ein Kritiker ihn voll schaudernder Ehrfurcht betitelte. Unter dem Jubel des Volks zog Cambiani im Triumphzug durch die Stadt. Angesichts der Tatsache, daß selbst die obersten Behörden des Staates gegen ihn machtlos waren, schienen nun auch die letzten „Defaitisten", „Rationalisten" und „Ketzer" bereit, ihren heimlichen Widerstand aufzugeben und sich zum rechten Cambiani-Glauben zu bekehren.

Und doch erlitt noch am Abend desselben Tages die allgemeine Massenbegeisterung einen völlig unerklärlichen Bruch. Cambiani hatte nämlich eine Gratisvorstellung im Olympia-Theater angekündigt, damit er auch den Ärmsten der Armen einmal in der Kaiserloge erscheinen könne. Wie groß aber war die Enttäuschung des Publikums, als statt seines gefeierten Wundermannes dessen Manager die Bühne betrat und ihm mit gesenkter Stimme die betrübliche Mitteilung machte, daß Alfredo Cambiani soeben von einem akuten Schwindelanfall heimgesucht worden sei, der ihm die Vorführung seines Erscheinungswunders völlig unmöglich mache. Die Leute gingen murrend nach Hause. Am nächsten Tag erfuhren sie aus der Zeitung, daß sich Cambiani kurzerhand zu einem mehrwöchigen Sanatoriumsaufenthalt entschlossen habe, weswegen auch die Vorstellungen im Olympia-Theater bis auf weiteres ausfielen.

Der plötzliche und unerwartete Rückzug Cambianis von der Bühne löste sogleich die sonderbarsten Gerüchte aus. Die einen meinten, das Ermittlungsverfahren habe, trotz seines glücklichen Ausgangs, so sehr an Cambianis Nerven gezehrt – zuletzt sei auch er bloß ein Mensch! –, daß er dringend der Erholung bedürfe, andere munkelten, Cambiani ziehe sich nur zurück, um in der Abgeschiedenheit ein neues, noch größeres Wunder auszuhecken, mit dem er die Öffentlichkeit bald in Erstaunen setzen werde. Auch die Meinung war zu hören, daß Cambianis Vermessenheit den Zorn höherer Mächte heraufbeschworen und ihn der Schlag getroffen habe. Ganz im Gegenteil, meinten die anderen, Cambiani wolle durch seinen Rückzug vielmehr die Welt für ihre Vermessenheit strafen, einem Mann wie ihm den Prozeß gemacht zu haben, statt ihm mit Ehrfurcht zu begegnen, wie er es verdiene. – So viele Köpfe, so viele Gerüchte! Tatsache blieb: Der größte Erscheinungskünstler der Neuzeit war plötzlich in der Versenkung verschwunden. Sein Raum und Zeit transzendierendes Wunder fand nicht mehr statt.

3. DER SCHWARZE KASTEN

An einem Winterabend, einige Monate nach Cambianis spektakulärem Rückzug von der Bühne, erhielt ich einen unerwarteten Besuch. Ein junger Mann mit schwarzer Fellmütze und hochgeschlagenem Mantelkragen wünschte mich in einer dringenden Angelegenheit zu sprechen.

„Entschuldigen Sie die Störung, Herr Präsident!", sagte der Unbekannte, als er meinen Empfangsraum betrat, „Cambiani ist mein Name!"

Ich glaubte wahrlich, ein Gespenst zu erblicken. „Cambiani? . . . Mein Gott! Wie haben Sie sich verändert, seit ich Sie das letzte Mal auf der Bühne gesehen habe!" Ich betrachtete ihn genauer: Er trug die Haare viel länger als sonst; den Schnurrbart hatte er sich abgenommen. Sein Gesicht war schmal und durchscheinend, seine Lippen waren dünn geworden, und in seinem Blick lag etwas so Scheues und Melancholisches, wie ich es nie an ihm gesehen hatte.

„Ich bin nicht der, welcher ich scheine, Herr Präsident!", sagte er mit einem seltsamen Lächeln, „und scheine doch nicht mehr der, welcher ich einmal war. Wer also bin ich?"

„Alfredo Cambiani! Wer sonst?" Das Gespenst schüttelte den Kopf.

„Ich bin Marco Cambiani".

„Wie! Sind Sie etwa sein *Bruder*?". Ich hatte noch nie gehört, daß Alfredo Cambiani einen Bruder hatte und konnte mir auch gar nicht vorstellen, daß es neben einem so einzigartigen und unvergleichlichen Mann wie ihm noch ein zweites Exemplar gleichen Namens gab.

„So ist es!", sagte er mit leichter Verbeugung, wie um sich selber zu verspotten, „Marco – das Double Alfredos!"

Ich musterte ihn mit dem prüfenden Blick eines Zollbeamten, der Mühe hat, in dem Paßphoto in seiner Hand die vor ihm stehende Person zu erkennen. Zweifellos hatte er gewisse Ähnlichkeiten mit seinem Bruder: Den gleichen Gesichtsschnitt, die gleichen graugrünen Augen, die gleiche Haarfarbe und sogar einen ähnlichen Tonfall; aber in allem anderen, im Ausdruck der Augen, in seiner Mimik, seiner Art zu lächeln und sich zu bewegen, unterschied er sich sehr von seinem Bruder.

„Weiß denn Ihr Bruder, daß Sie hier sind?", fragte ich ihn schließlich.

„Nein!", sagte Cambiani mit einem eigenartigen Trotz in der Stimme, „obgleich er seit Monaten nach mir forschen läßt. Schließlich ist er ja ohne mich vollkommen aufgeschmissen. Wenn das Bühnenpersonal streikt, kann auch der Deus ex machina nicht mehr erscheinen!" Und mit spöttischem Lächeln fügte er hinzu: „Er konnte ja schlechterdings keine Großfahndung gegen mich einleiten. Die Vorstellung, daß dann an allen Bahnhöfen und Polizeistationen des Landes das Bild seines Doppelgängers, also sein eigenes Bild hinge, hätte ihn nachts kaum mehr schlafen lassen. Da die hiesigen Behörden, Grenzschützer und Polizeibeamten völlig außerstande sind, ein Double vom Original zu unterscheiden, hätten sie womöglich statt seines Doppelgängers ihn selber verhaftet. Und wo, frage ich Sie, hätte er wohl einen Ersatz hernehmen sollen? Hätte er etwa in der Zeitung inserieren oder die Arbeitsämter abklopfen sollen? . . . So ein Double wie mich gab's schließlich nur einmal!"

Erst jetzt dämmerte mir, wovon dieser sonderbare Mensch die ganze Zeit sprach. Sollte es wahr sein, daß Cambianis sensationelles Erscheinungswunder doch auf einem Spiegeleffekt beruhte? Daß er einen *lebenden* Menschen, ja, seinen eigenen Bruder als Spiegel benutzt hatte?! Diese Vorstellung bestürzte mich ebenso wie sie sich meinem Verstand sperrte.

„Und was ist der Grund Ihres Besuches", fragte ich ihn, bemüht, meine Fassung wieder zu gewinnen.

„Ich bitte Sie, mich in den Magischen Zirkel aufzunehmen!"

„Wie! Sie zaubern auch?" Er nickte.

„Herr Cambiani!", sagte ich nach längerem Schweigen,

„darf ich Sie vorab bitten, mir zu erklären, wie sich ein Mensch in das Spiegelbild eines anderen verwandeln kann; wo doch jeder Mensch, wie sehr die Natur ihn auch einem anderen nachgebildet haben mag, einem *eigenen* Willen gehorcht. Es ist mir völlig rätselhaft, wie Sie, so leibhaftig wie Sie hier vor mir stehen, all die Jahre mit ihrem Bruder verwechselt werden konnten!"

„Ich komme Ihrer Bitte gerne nach; nur weiß ich nicht, ob Sie meiner Geschichte glauben werden!"

„Warum sollte ich sie Ihnen nicht glauben?"

„Weil man dem Original im allgemeinen mehr glaubt als dem Double, der Fälschung des Originals!"

„Ich halte die Fälschung jedenfalls für echt!"

Cambiani sah mich mit einem dankbaren und zugleich zweifelnden Lächeln an. Ich bat ihn, seinen Mantel abzulegen und sich zu setzen.

„Eines Tages", begann Marco Cambiani seine Erzählung, „erhielt ich Besuch von meinem Bruder Alfredo. Ich lebte damals in einer Dachkammer am Rande der Stadt und führte ein ziemlich stilles, ereignisloses Leben. Tagsüber arbeitete ich als Gehilfe im Büro eines großen Versandhauses, den Rest des Tages lernte ich, oft bis tief in die Nacht hinein, für meine bevorstehende Prüfung als kaufmännischer Lehrling. – Den Besuch meines Bruders hatte ich offenbar einem ganz besonderen, außergewöhnlichen Anlaß zu danken; denn die wenigen Male im Jahr, da wir uns sahen, pflegte ich ihn und nicht er mich zu besuchen.

,Lieber Marco', begann mein Bruder ohne Umschweife, ,du weißt, daß ich mich schon als Knabe mit den Wundertaten Jesu beschäftigt habe, den ich nach wie vor für den größten Magier aller Zeiten halte. Ich war immer der Meinung, daß all den Legenden über ihn ein realer Kern zugrunde liegen müsse; und wie oft habe ich nicht die Heilige Schrift studiert, um irgendwo vielleicht einen versteckten Hinweis dafür zu finden, wie Christus seine Wunder, allen voran das Auferstehungswunder, vollbracht hat. Du weißt, ich glaube nicht an

Gott! Aber wenn es einen Grund geben könnte, daß ich mich eines Tages doch zum Christentum bekehren ließe, dann wäre es diese berückende Vorstellung von der eigenen Unsterblichkeit! – Nun, lieber Marco, ich glaube, ich hab's jetzt heraus!'

,Was?' fragte ich beklommen.

,Das Auferstehungswunder! Ich weiß, wie er das gemacht hat. Es beruht, wie alle großen Kunststücke, auf einem ganz einfachen Prinzip: Jesus hat ein lebendes *Double* benutzt, das sich an seiner Statt kreuzigen ließ, während er sich versteckt hielt, um dann, am Ostersonntag, zum Erstaunen und Entsetzen der Menschheit, frisch-fröhlich aus der Grube zu fahren! Tja, mein Lieber, unser Herr und Heiland war ein trickreicher Bube! Aber er nicht allein! Wir sind ihm auf die Schliche gekommen und wir werden es ihm nachmachen!'

,Wie denn nachmachen', fragte ich verstört. Denn mein Bruder hatte wieder jenen flackernden, nach innen gekrümmten Blick, den ich seit frühester Jugend an ihm kannte.

,Erst mußt du mir versprechen, daß du dieses Geheimnis und alles andere, was ich dir jetzt offenbaren werde, niemals verrätst!'

Ich versprach es ihm, obwohl ich das Gefühl hatte, damit mein Einverständnis zu einer Sache zu geben, die eigentlich verboten war.

Nun erklärte er mir die Sache mit dem schwarzen Kasten: Daß ich in einem bestimmten Moment an seiner Statt in den Kasten steigen müsse; daß sich in diesem ein doppelter Boden befände, der mich vor den Blicken der Zuschauer völlig abschirme, wenn der Deckel bei seinem Erscheinen in der Kaiserloge plötzlich aufspringe."

„Aber wie", unterbrach ich Marco Cambianis Erzählung, „ging denn der Austausch mit dem Double vonstatten?"

„Der Sarg stand zirka einen halben Meter vor dem Vorhang neben einem kleinen Podest, und zwar genau in der Bühnenmitte, wo sich der Vorhang teilt. Ich stand hinter dem Vorhand; damit das Publikum den Sarg auch von innen sehen konnte, klappte Alfredo ihn erst auseinander und lehnte ihn dann schräg gegen das Podest. In dem Augenblick, da er die Deckung des hochgestellten Kastens benutzte, um hinter dem Vorhand zu verschwinden, kam ich blitzschnell hervor, das heißt für die Zuschauer sah es natürlich so aus, als käme er wieder hinter dem Kasten hervor, – und spielte seinen Part weiter. Während ich hinein stieg und den Deckel über mir schloß, rannte er hinter der Bühne durch das Kellergeschoß eine Wendeltreppe hoch, die direkt zum Separateingang der Kaiserloge führt."

„Aber wie kamen Sie bloß dazu, Herr Cambiani", unterbrach ich ihn abermals, „Abend für Abend in der Versenkung zu verschwinden, bloß damit Ihr Bruder einen biblischen Auftritt hat. Das verstehe ich nicht. Wer legt sich zu Lebzeiten schon freiwillig in einen Sarg?"

„Auch mir war diese Vorstellung zuerst nicht geheuer. Selbst die Aussicht, durch eine wie auch immer geartete Statistenrolle vielleicht etwas Abwechslung in mein eintöniges Büroleben zu bringen, machte sie mir kaum verlockender. Aber schon als Kind hatte ich manche verbotenen Dinge gedeckt, die er tat – es war eine Art Blutsbrüderschaft, die mich von klein auf an ihn band und die, glaube ich, seit dem Tod meiner Mutter datiert. Immer wenn ich ihm die Gefolgschaft versagen wollte, beschwor er – wie auch dieses Mal wieder – unsere Harmonie als Brüder, die uns unsere verstorbene Mutter zur Pflicht gemacht habe; und immer wenn ich anfangen wollte, mit ihm zu streiten und meinen eigenen Willen gegen ihn durchzusetzen, redete er mir ins Gewissen, daß ich mich damit an unserer Mutter im Himmel versündige, die ihre Augen überall habe. – Da ich ihm nie einen Wunsch abschlagen konnte, druckste ich also krampfhaft herum und suchte vergebens nach irgendwelchen Ausflüchten. ,Wielange', fragte ich ihn schließlich,' kann man überhaupt in solch einem Sarg liegen, ohne daß einem die Luft ausgeht?'

,Das ist überhaupt kein Problem', gab er mir prompt zur Antwort. ,Wie haben wir es denn als Buben mit den Maikäfern gemacht!? Wir sperrten sie in eine Pappschachtel und bohrten ein paar Löcher in den Pappdeckel. Genauso machen wir's mit dem Kasten: Wir bohren ein paar Luftlöcher in die rückwärtige Wand!'

Als ich noch immer zauderte, packte er mich schließlich an meiner empfindlichsten Stelle. ,Es ist ja gar nicht so, wie du es dir vorstellst, lieber Marco, daß du die ganze Zeit in dem schwarzen Kasten liegst. Bevor du hineinsteigst, mußt du meine Rolle übernehmen, mit dem Publikum reden usw., damit ich genügend Zeit habe, den Weg zur Kaiserloge zurückzulegen; das heißt, für einen Moment stehst du mit Zauberstab und Zylinder *an meiner Statt* im vollsten Scheinwerferlicht auf der Bühne und *bist* der berühmte Alfredo Cambiani!'

Sie müssen verstehen, Herr Präsident, wie das Nachtschattengewächs sehnte ich mich danach, auch einmal im Lichte zu stehen und wie mein Bruder bewundert, geliebt und beklatscht zu werden. Wie gerne wäre ich nicht in die Haut Alfredos geschlüpft, der mit seinen Kunststücken die Welt so bezaubern konnte! Und wie verzweifelt war ich nicht oft, daß das Schicksal mir diese außergewöhnliche Gabe offenbar versagt hatte! Da ich von Natur aus nichts hatte, was mich vor anderen Menschen ausgezeichnet hätte, bestand meine einzige Auszeichnung darin, der Bruder des berühmten Alfredo Cambiani zu sein. Wenn man mich nach meinem Namen fragte, pflegte ich stolz zu antworten: ,Marco – der Bruder Cambianis!' An den erstaunten und ehrfurchtsvollen Mienen konnte ich jedesmal ablesen, daß dieser Titel, die Blutsverwandtschaft mit diesem hochwohlgeborenen Bruder, mich gleichsam mitadelte. Mit dem Köder ,Bruder von Alfredo Cambiani' suchte ich wenigstens einen Bruchteil jener Hochachtung, die er genoß, auch auf mich zu ziehen; natürlich erreichte ich damit gerade das Gegenteil. Denn die regelmäßig folgende Frage: ,Wie geht's denn deinem Bruder? Was macht er? Bereitet er wieder eine neue Zaubervorstellung vor?' brachte mich schon früh in die unglückliche Rolle, nur noch über meinen Bruder statt über mich selbst Auskunft

geben zu müssen, als ob mich das Schicksal zu seinem Presse-
sprecher auf Lebenszeit ernannt hätte. Je mehr durch diese immer wiederholten Erfahrungen mein Selbstgefühl
schrumpfte, um so nötiger hatte ich es freilich, mich über
meinen berühmten Bruder zu definieren – eine Spirale ohne
Ende! So führte ich gleichsam ein Leben auf Borg – und nun
tat sich auf einmal die Möglichkeit auf, daß ich, statt vom ge-
borgten Glanz meines Bruders zu leben, selbst dessen Glanzrolle spielte; daß ich, statt wie bisher am Fuße des Leucht-
turms zu stehen, wohin bekanntlich kein Licht fällt, selber der
Leuchtturm war. Die magische Vorstellung, selbst auf der
Bühne zu stehen und – wenn auch nur für einen kurzen Moment – selbst jenes Idol zu verkörpern, das ich sonst nur von
ferne bewunderte, berauschte mich so, daß ich, um dieses
Hochgefühls willen, auch bereit war, in den schwarzen Kasten zu steigen."

„Aber haben Sie denn keine Angst gehabt", fragte ich ihn,
„die Zuschauer könnten bemerken, daß da doch ein *anderer*
auf der Bühne steht als Ihr Bruder?"

„Sie haben ganz recht! Das Problem lag darin, daß ich ihm
eben *nicht* glich wie ein Ei dem anderen! Natürlich gab ich
das Alfredo sofort zu bedenken.

Darauf sagte er: ‚Mein lieber Marco, das ist vor allem eine
Sache des Trainings und des guten Willens. Als erstes mußt
du dir natürlich die Haare schneiden lassen!' Ich trug nämlich
die Haare länger als er.

‚Aber ich mag diese Kurzhaarschnitte nicht!', fiel ich ihm
ziemlich heftig ins Wort.

‚Diese lange Mähne hat dir noch nie gut gestanden', sagte
er in einem Ton, der keinen Widerspruch duldete. ‚Zweitens
mußt du dir einen Schnurrbart wachsen lassen wie ich – nun,
das ist weiter kein Problem! Und in allem übrigen mußt du
mich eben perfekt kopieren, den Tonfall meiner Stimme,
meine Handbewegungen, meinen Gang . . .'

‚Aber das ist ja eine Heidenarbeit! Das wird ja Monate
dauern!' sagte ich mißmutig und machte dazu eine heftig-

auffahrende Bewegung mit der rechten Hand, die meinen Unmut ausdrücken sollte.

‚Da! Siehst du!‘ fiel er mir blitzschnell ins Wort, während er auf meine Hand zeigte. ‚Genau so mache ich es! Das ist haargenau meine Geste, wenn ich mich über etwas ärgere. Du siehst: Es geht schneller als du denkst. Eh’ du dich versiehst, hast du mich im Blut!‘

‚Aber können wir uns denn nicht die Arbeit teilen?‘ fragte ich, ein wenig mutlos geworden angesichts des ungeheuren Pensums, das mir bevorstand. ‚Zum Beispiel: Ich ahme deine Stimme nach und du ahmst meine Gebärden nach. Dann geht es schneller!‘

‚Also das schlag’ dir nur gleich aus dem Kopf!‘ Alfredos Stimme war plötzlich hart und schneidend geworden.‘ Wenn du auch meinen Part für einen Moment übernimmst, so bleibst du doch trotzdem *mein* Double! Stell’ dir nur mal vor‘, setzte er versöhnlich hinzu, ‚man würde ein Original von Rembrandt kopieren und dann, nur weil die Kopie nichts geworden ist, das Original im Nachhinein der Kopie anpassen! Das wäre das Ende der Kunst, mein Lieber . . . Der eine hat’s, und der andere hat’s eben nicht!‘

Darauf wußte ich nichts mehr zu sagen. Wenn wir Brüder auch die gleiche Blutgruppe hatten, fest stand jedenfalls, daß er es war, der die magischen Kräfte im Blut hatte, während in meinen Adern nur gewöhnliches Blut zirkulierte, was unsere Eltern auf die lakonische Formel zu bringen pflegten: ‚Der eine hat’s und der andere hat’s eben nicht!‘

In den nächsten Tagen ließ ich mir also die Haare schneiden und sparte bei der allmorgendlichen Rasur die Partie zwischen Nase und Oberlippe sorgfältig aus. Schon nach einer Woche stand mir ein gediegener Schnurrbart, der mich drei Jahre älter erscheinen ließ als ich war und mir jenen männlichen Schmiß verlieh, den ich an meinem Bruder so bewunderte. Alfredo hatte inzwischen beim besten Schneider der Stadt einen Frack für mich anfertigen lassen, ohne diesem allerdings Gelegenheit zu geben, von mir vorher Maß zu nehmen. So stellte der Schneider einfach eine Kopie des Fracks her, den er Jahre zuvor für Meister Cambiani geschneidert hatte. Als ich den neuen Frack schließlich beim Schneider anprobierte, hatte ich das Gefühl, in einer aufgeblasenen Schwimmweste zu stecken, denn ich hatte viel schmalere Schultern als mein Bruder. Nach kurzem Nachdenken verfiel Alfredo auf die Idee, den viel zu weiten Frack an den Schultern einfach zu wattieren. Als ich mich daraufhin wieder im Spiegel betrachtete, kam ich mir wie eine ausgestopfte Krähe vor. Um die allzu große Kluft zwischen Schein und Wirklichkeit zu verringern, übte ich von nun an täglich eine Stunde mit dem Expander, was meine Schultern straffte und meinen Bizeps ein wenig dem Umfang des Frackärmels anpassen sollte.

Viel schwieriger und mühevoller jedoch als all diese Maßnahmen, die nur das äußere Kostüm der Rolle betrafen, war die für ihren *inneren* Zuschnitt unabdingbare mimetische Kleinarbeit. Wie ein Schauspieler, der eine große Rolle studiert, arbeitete ich Nacht für Nacht mit unermüdlichem Fleiß daran, mich selbst in die lebendige Kopie meines Bruders zu verwandeln. Alfredo hatte mir eine Tonband-Kassette mit seiner Stimme zur Verfügung gestellt, ferner ein Video-Band samt Monitor, auf dem ich seine Haltung, seinen Gang, seine geringfügigsten Gesten genauestens studieren konnte. Vor allem die phonetische Imitation bereitete mir anfangs große Schwierigkeiten; hatte mein Bruder doch die Gewohnheit, die Vokale und Umlaute gleichsam zu verschlucken, dagegen die harten und scharfen Konsonanten, vor allem die P's, die K's, die T's und die Q's so zu artikulieren, als ob sie in seinem Munde gleichsam explodierten, wobei er selbst die weichen Konsonanten in harte verwandelte, also G wie K, B wie P und D wie T aussprach. Besonders solche Wörter, die mit einem weichen ‚Sch' begannen oder in denen ein solches vorkam, brachte er nur mit einem scharfen S und Zischlaut über die Lippen; diese Eigentümlichkeiten der Diktion, die übrigens auch schon bei meinem Vater zu beobachten waren, verursachten sowohl das leichte Nuscheln als auch die abrupten katharaktischen Abbrüche in seiner Redeweise, deren gleichwohl bezwingende Wirkung darauf beruhte, daß die Vokale und weichen Konsonanten sämtlich unter die Vorherrschaft der harten Konsonanten geraten waren.

In Alfredos Gestik dagegen lag eine Weichheit und Geschmeidigkeit, die einen eigenartigen Kontrast zu seiner Sprechweise bildete; besonders mit der Hand vollführte er während des Sprechens zierlich-zärtliche Bewegungen, deren bevorzugtes Objekt er freilich selber zu sein schien. Etwas sonderbar Selbstbezogenes lag etwa in der Art, wie er sich über die Haare strich – eine manisch wiederkehrende Geste, als ob er sich wie ein früh verwaistes Kind ständig selber streicheln und liebkosen müsse. Und doch konnte diese weiche und schmiegige Geste augenblicks umschlagen, wenn er einem Satz oder Urteil kategorisch Nachdruck verleihen wollte; dann konnte er mit einer einzigen Handbewegung, die wie ein Rasiermesser durch die Lust fuhr, dem anderen das Wort abschneiden.

Manchmal war mir bei der peniblen Nachahmung der phonetischen und gestischen Sprachgewohnheiten meines Bruders äußerst unbehaglich zumute. Zuweilen verspürte ich einen dumpfen Widerwillen, wenn ich auf dem Monitor beobachtete, wie fast jedes Gespräch, das Alfredo mit seinen zahlreichen Verehrern führte, zu einem Selbstgespräch verkümmerte; wie selbst seine Syntax in den Sog seines selbstherrlichen Ichs geriet und dieses beständig verdoppelte. Ja, manchmal packte mich vor dem, was ich da kopieren sollte, ein solcher Ekel, daß ich unwillkürlich den Bildschirm abschaltete. ‚Eigentlich will ich gar nicht so sein', brütete ich dann dumpf vor mich hin. Aber bald gewann der eitle Traum von mir selber wieder die Oberhand über jene dumpfe Opposition, und ich berauschte mich an der Vorstellung, im Glanze der Scheinwerfer auf der Bühne zu stehen und wie mein Bruder beklatscht und umjubelt zu werden; und prompt schaltete ich den Monitor wieder ein und übte, mein eigenes Bild im

Spiegel beständig mit dem Original auf dem Bildschirm vergleichend, weiter bis in die tiefe Nacht.

Einmal täglich bekam ich Besuch von meinem Bruder, der den Fortgang meines Rollenstudiums sorgfältig überwachte. Wenn ich Fortschritte gemacht hatte und bestimmte Gesten und Haltungen von ihm genau traf, dann strahlte er und war ungemein liebenswürdig zu mir, machte mir sogar Komplimente, wie begabt ich sei, ein richtiges Talent, es sei kaum zu glauben; und einmal, als es mir nach vielen vergeblichen Versuchen endlich gelungen war, sogar sein Lachen zu imitieren – ein sonderbar verhaltenes und doch zugleich gellendes Lachen, dem aber ein tiefes Seufzen beigemischt schien –, fiel er mir vor Freude buchstäblich um den Hals, was zwischen uns Brüdern sonst nie vorkam. Wehe aber, wenn ich beim Vorsprechen aus Versehen einmal in meinen eigenen, statt in seinen Tonfall verfiel! Wehe, wenn ich einmal eine Geste machte, in der sich mein Regisseur nicht wiedererkannte! Dann unterbrach er mich brüsk mit jenem stechenden Blick, der mir schon als Kind Angst gemacht hat: ‚Halt! Das ist Mogelei! Den Zauberstab halte ich nicht einfach wie ein Bügeleisen, sondern wie einen Taktstock! So und nicht anders! Und der Zylinder sitzt bei mir nicht schief, sondern kerzengerade wie bei einem Pik As! Und das ‚Sch‘ in dem Wort ‚Mensch‘ spreche ich schärfer, ich zische es eher! Denk an ‚Kusch! Kusch!‘ Und daß du dir ständig durchs Haar streichst, mußt du dir auch schleunigst abgewöhnen! Wo hast du dir das bloß abgeguckt?!‘

‚Bei dir‘, sagte ich gekränkt. ‚Ich mache dich darin nur nach!‘

‚Also das ist ja die Höhe!‘ Alfredo war entrüstet. ‚Ich kenne mich haargenau. Schließlich habe ich jedes meiner Kunststücke vor dem Spiegel einstudiert. Kann sein, daß ich mir manchmal so durchs Haar fahre oder über die Stirn streiche, aber doch nicht bei jedem Satz wie ein nicht abstellbarer Scheibenwischer!‘

‚Wenn du willst, zeige ich es dir auf dem Monitor!‘ sagte

ich. Denn ich kannte das Original bereits besser als dieses sich selbst.

‚Nicht nötig!' sagte Alfredo ärgerlich und warf mir einen mißtrauischen Blick zu. ‚Jedenfalls brauchst du diese Geste nicht pausenlos zu wiederholen. Sonst kommt am Ende statt einer Kopie eine Karikatur von mir heraus!'

Ich versichere Ihnen, es war wirklich ein harter Job. Da ich nach Büroschluß noch einmal acht Stunden wie ein Kuli daran arbeitete, mich selbst in das Abziehbild meines Bruders zu verwandeln, wollte ich wenigstens in meiner verbliebenen Freizeit noch ich selber sein; wenigstens am Wochenende meinen eigenen Tonfall vernehmen statt den meines Bruders, meine eigene Sprache sprechen statt die meines Bruders. Da er aber nur *ein* Interesse an mir zu haben schien, nämlich aus mir eine perfekte Kopie seiner selbst zu machen, damit das große Kunststück gelingen konnte, kontrollierte und zensierte er mich auf Schritt und Tritt, bis ich selbst in den Stunden, da ich mit mir alleine war, meine eigene Gestik und Sprache von der meines Bruders kaum mehr unterscheiden konnte und bald selbst nicht mehr wußte, was an *mir* original und was Kopie war. Manchmal hatte ich das Gefühl, daß mein Bruder, an dessen Anerkennung und Liebe mir sehr gelegen war, mich nur so lange mit Wohlgefallen betrachtete, als ich ihm die eigenen Züge zurückspiegelte. War nicht die Bruderliebe, die er so oft im Munde führte, nur eine andere Version seiner Eigenliebe? Bestand nicht seine magische Fähigkeit eigentlich darin, alles, was nicht er selbst, was *anders* als er war, an mir wegzuzaubern? Bestand nicht seine ganze Kunst darin, dieses maßgeschneiderte Bild von sich selbst (einschließlich des eigenen Wunschbildes) wie eine Spiegelglaswand vor die *anderen* Menschen zu stellen, so daß diese buchstäblich *dahinter* verschwanden? Doch war ich selbst schon zu sehr Abbild meines Bruders, als daß ich solche Gedanken damals hätte zu Ende denken können, denn dann wäre ich ja wirklich ein anderer gewesen!

Schließlich war ich so perfekt in meiner Rolle als Double,

daß die Premiere steigen konnte. Einen Tag vorher fand unter totalem Ausschluß der Öffentlichkeit die Generalprobe statt. Alfredo hatte als einzige Gäste unseren Vater und unsere Stiefmutter geladen. Mit Bedacht hatte er sie in das Geheimnis des Kunststücks nicht eingeweiht, denn er wollte an ihrer Reaktion testen, ob ich meine Rolle wirklich so täuschend spielte, daß auch sie das Original nicht mehr von seiner Nachahmung unterscheiden konnten. Wenn selbst diejenigen, die uns von Kind auf kannten, nichts bemerkten, wem hätte dann noch etwas auffallen sollen? Tatsächlich gab ich auf der Generalprobe eine so glänzende Kopie meines Bruders, daß selbst die Eltern sich davon täuschen ließen. Als Alfredo sie anschließend in der Garderobe empfing – ich zog mich gerade im Nebenzimmer um und äugte durch den Türschlitz –, standen meinem Vater die Tränen in den Augen: ,Das ist wirklich wunderbar, Alfredo, ein echtes Wunder!' Vor lauter Ehrfurcht wagte er kaum, seinen Sohn in die Arme zu schließen; so sank er denn, schier übermannt von Stolz und Freude darüber, daß ihm der Himmel einen solch wunderbaren Sohn geschenkt hatte, in die Arme seiner Frau. Ich aber war so stolz auf meine schauspielerische Leistung, daß mir der Schrecken darüber, so verwechselbar, so mir selbst und anderen fremd geworden zu sein, gar nicht mehr zu Bewußtsein kam.

Über die Premiere, Herr Präsident, brauche ich Ihnen nicht viel zu berichten. Sie waren ja selbst zugegen! Sie werden den Text noch kennen: ,Und nun, meine Damen und Herren, verabschiede ich mich von Ihnen. Wovor sich jeder Mensch fürchtet, ich tue es freiwillig, denn ich bin mein eigener Jedermann und lege mich, nicht weil ich muß, sondern weil ich *will, freiwillig* zur letzten Ruhe!'"

„Wirklich verblüffend! Haargenau der Tonfall Ihres Bruders!" rief ich unwillkürlich aus; doch empfand ich dabei mehr Entsetzen als Verwunderung.

„Gelernt ist gelernt!" fuhr Marco Cambiani in seiner Erzählung fort. „Das Kalkül meines Bruders war tatsächlich voll aufgegangen. Geblendet von seiner biblischen Erscheinung in der Kaiserloge kam kein einziger Zuschauer auf die Idee, den Sarg auf der Bühne zu untersuchen, in dem ich hinter einer schwarzen Doppelwand mit angehaltenem Atem lag. Als ich die Hoch- und Heilrufe auf meinen Bruder vernahm, packte mich plötzlich das unbändige Verlangen, aus dem Kasten zu fahren und an die Rampe zu treten, um des Beifalls und der allgemeinen Begeisterung auch teilhaftig zu werden, die allein dem Cambiani in der Kaiserloge galt. Doch ich hatte mich selbst dazu verdammt, der Schattenwurf meines Bruders zu sein; also hielt ich weiter die Luft an und machte mich ganz steif, bis ich mich selbst kaum mehr spürte. Als die Heil-Rufe auf meinen Bruder noch immer nicht enden wollten, durchzuckte es mich plötzlich: ,Mein Gott! Ich spüre mich nicht mehr. Ich bin nicht mehr da! Ich bin zu einem Nichts geworden!' Ich befühlte in der Dunkelheit meinen Körper, tastete mein Gesicht, meine Arme und Beine ab, aber ich spürte mich wirklich nicht mehr. ,Jetzt bin ich tot', dachte ich; solange der Schlußbeifall dauerte, lag ich da in dem Gefühl, diesen Kasten nie wieder zu verlassen!

Plötzlich sah ich einen Lichtschein. Es war mir, als ob mein eigenes Gesicht über mir stand: ,Gratuliere! Ein Bombenerfolg! Du hast deine Rolle großartig gespielt!' hörte ich mich selber sagen – aber nein! Es war ja Alfredos Stimme. ,Das ist unser Durchbruch, mein Lieber! Der absolute Durchbruch, der Start zu unserer Weltkarriere!' sagte er mit trunkenem Blick; er hielt ein Bukett mit weißen Lilien in der Hand und wollte mir aus dem Kasten helfen. Ich aber rührte mich nicht; starr, die Lippen wie die Schalen einer Miesmuschel aufeinander gepreßt, lag ich da. Als ich den Mund öffnen und etwas sagen wollte, brachte ich keinen Ton heraus; ich würgte nur, als sei ich am Ersticken.

Wie Sie wissen, Herr Präsident, machte Cambianis ,Auferstehungswunder' Schlagzeilen in der gesamten Weltpresse. Der einzige, der das Geheimnis dieses Wunders kannte, ja, es genaugenommen bewerkstelligte, blieb der Welt unbekannt, denn er verschwand mitsamt seinem Wissen Abend für Abend im schwarzen Kasten. Sie können sich vorstellen, daß der Zwang zur Geheimhaltung meiner Rolle mein Leben tiefgreifend veränderte. Zum Glück war über den engeren Familien- und Bekanntenkreis hinaus nicht bekannt, daß Cambiani einen Bruder hatte, der ihm als Double hätte dienen können. ,Cambiani' war ja auch Alfredos ererbter Künstlername, der keine Erinnerung mehr an unseren gemeinsamen Familiennamen ,Schäfer' aufkommen ließ. Und die wenigen, die diesen noch kannten, hätten kaum auf seine Verwandtschaft mit jenem unbekannten kaufmännischen Lehrling schließen können, der zufällig den gleichen Dutzendnamen trug. Nicht von dieser Seite also drohte die Gefahr einer Entdeckung; viel besorgniserregender war die Tatsache, daß meine nahezu vollkommene mimetische und phonetische Imitation Alfredos mir längst zur zweiten Natur geworden war. Auch seine strengen Ermahnungen, ihn – um Gottes willen! – *nur* auf der Bühne zu kopieren, waren in den Wind gesprochen. Ob auf der Bühne oder im Büro, ich konnte gar nicht mehr anders, als mit seiner Stimme und seinen Gebärden zu sprechen. Eines Tages bemerkte ein Kollege aus dem Büro, der mich schon tags zuvor verschiedentlich angestarrt hatte, daß ich ihn an jemand erinnern würde – wenn er nur wüßte, an wen! Sofort gingen bei mir die Alarmlichter an. Als ich am Abend, nach der Vorstellung, Alfredo von dem Vorfall berichtete, bestand er auf der sofortigen Aufkündigung meiner Lehrstelle. Nun – der Abschied vom stumpfsinnigen Einerlei des Bürolebens fiel mir nicht schwer. Das Honorar, das ich für meinen allabendlichen Auftritt als Double erhielt, war überdies reichlicher bemessen als mein kärgliches Lehrlingsgehalt, zumal mich im schwarzen Kasten das Finanzamt so wenig registrierte wie das Publikum. Von Beruf war ich also jetzt nur noch Double.

Um mir den freien Zugang zur Bühne zu sichern, hatte mich Alfredo der Theaterdirektion und dem Bühnenpersonal als seinen höchstpersönlichen Requisiteur vorgestellt; und so trug ich denn nebst der dicken Hornbrille, die mein Ingoknito sicherte, einen weißen Arbeitskittel, der mich mühelos in das Heer der Bühnenarbeiter einreihte. Aus Sicherheitsgründen hatte Alfredo mir überdies zur Auflage gemacht, in Gegenwart anderer nicht mit ihm zu sprechen. Auch außerhalb des Theaters war ich darauf bedacht, mich durch eine möglichst unauffällige Kleidung von der maßgeschneiderten Eleganz meines Bruders abzusetzen.

Trotz meiner Verkleidung und all der anderen Sicherheitsvorkehrungen schien ihn die Angst nicht loszulassen, auch im Leben mit mir verwechselt zu werden, denn er vermied es peinlichst, sich mit mir in der Öffentlichkeit sehen zu lassen. Zwar hatte er selbst alles dazu getan, daß ich sein lebendes Spiegelbild geworden war, aber ich glaube, es war ihm manchmal recht unheimlich zumute, wenn er plötzlich seinem eigenen Doppelgänger begegnete. In der Garderobe und im Künstlerzimmer vor und nach der Vorstellung war er wohl einigermaßen darauf vorbereitet; hier bewegte man sich gewissermaßen im beruflichen Rahmen der gemeinsam betriebenen Kunst, hier hatte sein Doppelgänger noch eine klar umrissene Funktion als Assistent, als dienstbarer Geist für das allabendlich zu vollbringende Erscheinungswunder. Aber wenn ich ihm außerhalb dieser gemeinsamen Verabredungen begegnete, war er entsprechend kurz angebunden, wünschte mir einen ‚Guten Tag' und bog rasch um die nächste Ecke. Einmal, als ich ihm in der Stadt per Zufall begegnete – er stand gerade vor dem Schaufenster eines Herrenbekleidungsgeschäfts – faßte er sich, als er mich sah, unwillkürlich an den Kopf, als sei er von einem jähen Schwindel ergriffen, und befühlte sein Gesicht, ob es noch da sei. Mit der hastigen Frage ‚Wie geht's? Auf später!' drückte er die Klinke der Eingangstür und verschwand fluchtartig in der Herrenkonfektion.

Selbstredend verkehrten wir Brüder nicht in denselben Kreisen; dennoch wollte es manchmal der Zufall oder mangelnde Vorsicht, daß wir uns auf derselben Gesellschaft begegneten. Einmal war ich auf eine kleine Abendgesellschaft geladen, in deren Verlauf ich in ein heftiges Streitgespräch verwickelt wurde über die Frage, ob ein Talent dem Menschen angeboren sei oder ob dieses erst ein Produkt der Erziehung, günstiger Umstände, eigenen Fleißes und entsprechender Förderung durch andere Menschen sei. ‚Ich . . . ich . . . d..denke, d. . .daß ich meine, d. . .d. . .daß der eine. . .der eine . . . ein T. . .T. . .Talent hat und d. . .d. . .der andere es eben . . . nicht hat' sagte ich, mit den Worten ringend wie mit wilden Tieren. Plötzlich sah ich meinen Bruder in der Türschwelle stehen. Natürlich hatte er mich sofort an der Stimme erkannt. Als er merkte, daß ich ihn gesehen hatte, verschwand sein Kopf blitzschnell hinter dem Türpfosten. Ich ging ihm nach, aber er war längst die Treppe hinunter in den Hausflur; durch das erleuchtete Flurfenster sah ich gerade noch seinen Schatten vorüberhuschen: Das Original war vor seinem Double auf der Flucht!

Ich weiß nicht, was meinen Bruder damals mehr erschreckt hat: Die Angst, sich selbst auf eine gespenstische Weise *verdoppelt* und sich so einen furchtbaren Konkurrenten geschaffen zu haben, der die Tatsache seiner Einmaligkeit und Einzigartigkeit unentwegt Lügen strafte, oder die Angst, in seinem eigenen Spiegelbild zugleich die lebendige *Karikatur* seiner selbst zu erblicken. Denn auch ihm mußte aufgefallen sein, daß das Double die Sätze des Originals nur noch unter größten Mühen, stotternd und stammelnd wie ein hilfloser Säugling, über die Lippen brachte.

Tatsächlich hatte ich an jenem denkwürdigen Abend, als ich das erste Mal in den schwarzen Kasten gestiegen war, einen Schock erlitten: Es hatte mir buchstäblich die Sprache verschlagen. Seither bereitete mir das Sprechen große Mühe. Oft brach meine Rede mitten im Satz ab, als ob sich plötzlich ein schwarzes Loch vor mir auftue. Vor bestimmten Wörtern, besonders vor solchen, die mit T, K, P, Q, S und Sch anfingen, schreckte ich zurück wie ein scheues Pferd. Oft mußte ich extra den Umweg über andere, unbelastete Wörter nehmen, meistens über solche, die mit einem Vokal oder einem weichen Konsonanten anfingen; auf diese Weise geriet das Wort mit den gefährlichen Anfangsbuchstaben in die Mitte des Satzes, so daß sich der Anlauf vor der gefürchteten Hürde gleichsam verlängerte. Oft aber kehrte ich auch beim zweiten oder dritten Anlauf vor der betreffenden Wortbarriere wieder um, und wenn mir nicht gerade ein sinnverwandtes oder synonymes Wort einfiel, das ich leichter passieren konnte, kapitulierte ich endgültig vor dem betreffenden Wort. Da aber jedes Wort, vor dem ich einmal gestrauchelt war, für mich fortan zum unüberwindlichen Hindernis wurde, häuften sich die Schlaglöcher in meinen Sätzen, bis ich schließlich nicht nur vor einzelnen Wörtern, sondern vor ganzen Sätzen kapitulierte wie ein Autofahrer vor einer holprigen Paßstraße im Winter. Im Laufe der Zeit bildete ich eine regelrechte Zwangsvorstellung aus, das, was ich eigentlich sagen wollte, nicht mehr sagen zu können, und das, was ich noch sagen konnte, eigentlich gar nicht sagen zu wollen. Je öfter und heftiger ich von dieser unerklärlichen Lähmung meines Sprachvermögens befallen wurde, um so krampfhafter suchte ich mir und der Welt zu beweisen, daß ich trotzdem sprechen konnte. Dann sprach ich mit fliegendem Atem und raste wie ein D-Zug durch die Gespenster-Landschaft Gespensterlandschaft Worte, bis ich vor einem mit T, K, P, Q, S oder Sch beginnenden Wort, das sich wie eine schwarze Wand vor mir auftürmte, unweigerlich zum Halten kam. So bekam ich im Laufe der Zeit eine bald hektisch davoneilende, bald abrupt abbrechende, stotternde Sprechweise, die es meinen Gesprächspartnern immer schwerer machte, mir zuzuhören.

Nach solchen akuten Anfällen von Sprachlosigkeit zog ich mich manchmal den ganzen Tag in meine Dachkammer zurück, um ja keinem Menschen zu begegnen, der Zeuge dieser meiner Verkrüppelung und Demütigung werden konnte. Dann führte ich stundenlange Selbstgespräche. Das Merkwürdige war nämlich, daß ich, wenn ich mit mir alleine war, völlig normal und fließend sprach; aber sobald ich mich in

Gesellschaft befand, befiel mich diese unerklärliche Lähmung, als ob mich ein Kurzschluß am Ausatmen, am *Aussprechen* hinderte. Am stärksten und häufigsten befiel mich diese plötzliche Hemmung bei Menschen, die ich kaum kannte oder die mir ganz und gar fremd waren. Je vertrauter mir jemand war, um so gelöster und freier konnte ich mit ihm sprechen.

Und doch gab es von dieser Regel eine gespenstische Ausnahme. Am furchtbarsten nämlich begann ich bei jenem Menschen zu stottern und nach Luft zu schnappen, der mir von Kind an am vertrautesten war: Bei meinem Bruder! Manchmal, wenn ich mit ihm telefonieren wollte und am anderen Ende der Leitung das ‚Hier Alfredo Cambiani!‘ vernahm, gab es plötzlich wieder diesen Kurzschluß, mein Zwerchfell wurde hart wie eine Betonwand, und ich bekam keinen Ton mehr, geschweige denn meinen eigenen Namen heraus, bis nach mehrmaligem ‚Hallo! Hallo! Wer da?‘ am anderen Ende schließlich eingehängt wurde. Zu Tode erschrocken stand ich da, noch immer den Hörer in der Hand, als hätte mir jemand Blei in die Kehle gegossen.

Eines Abends wandte ich mich nach der Vorstellung ziemlich aufgeregt an ihn: ‚Hör’ mal, Alfredo! D...D.. die Luft ...Luftlöcher in dem schw....schw....schwarzen K...K...Kasten s...sind s...so klein, daß ich fast....fast darin ...ers...ersticke!‘, worauf er erwiderte: ‚Na, so sch...sch...schlimm wirds sch...sch...schon nicht s...sein! Aber ich lasse s...sie von der T...T...Technik mal nach...nachsehen!... Verdammt noch mal,‘ schrie er mich plötzlich an, ‚jetzt fange ich auch schon an zu stottern! Warum stotterst du eigentlich so? Das ist ja entsetzlich!‘ Und er hielt seinen Kopf mit beiden Händen fest, als ob ihn wieder ein Schwindel ergriffen hätte. ‚Du mußt dringend etwas dagegen tun!‘ Seine Stimme klang energisch. ‚Am besten sofort zu einem Sprecherzieher oder in eine Sprachschule gehen! Vielleicht ist es ein angeborener Sprachfehler, der jetzt erst herauskommt! Der eine hat’s und der andere hat’s eben nicht! Stell' dir nur mal vor, du fängst auf der Bühne an zu stottern!'

Die Vorstellung, daß mich diese jähen Anfälle von Sprachlosigkeit eines Abends auf der Bühne heimsuchen könnten, mußte meinem Bruder wahre Alpträume bereitet haben. Denn wenn das Double zu stottern anfinge, nachdem das Original noch eben in fließendem Hochdeutsch zu vernehmen war, dann würde der ‚Double-Effekt' womöglich mißlingen; die Zuschauer würden dann wohl ihren Augen, doch nicht ihren Ohren mehr trauen, und die ganze Sache käme ans Licht! Das Merkwürdige aber war, daß ich selbst an solchen Tagen, da ich kaum einen Satz mehr zu Ende brachte, in dem Moment, da ich auf der Bühne unbemerkt in die Rolle meines Bruders schlüpfte, völlig frei und ungehemmt sprach – ein Phänomen übrigens, das mich selbst am meisten erstaunte. Ich schien tatsächlich nur noch Herr meiner Sprache zu sein, wenn ich entweder mit mir alleine oder an meines Bruders Statt sprach, wenn ich entweder *ganz ich selbst* oder *ganz Alfredo* war. Nur in diesen äußersten Extrempunkten jener nervösen Pendelbewegung meines Gemüts war ich des Ausdrucks noch mächtig. Sonst aber wurde ich zwischen diesen beiden Extremen buchstäblich zerrissen; es war, als ob sich zwei Dämonen in meiner Seele eingenistet hätten, die ein grausiges Tauziehen um meine Zunge veranstalteten: Der eine zerrte von rechts, der andere zerrte von links. In dem Augenblick aber, da beide Kräfte gleich stark waren und sich gleichsam gegenseitig aufhoben, trat jener psychische Nullpunkt ein, der zur plötzlichen Lähmung meines Sprachvermögens führte.

Doch fand der mörderische Kampf dieser beiden Dämonen, welche die Namen zweier feindlicher Brüder trugen, zunächst im Verborgenen, im Kellergeschoß meines Gemüts statt, während das Obergeschoß, der Schauplatz meines Bewußtseins, noch immer vom strahlenden Bild Alfredos erfüllt war. Ich wußte nicht, daß ich, indem ich mir beständig selber ins Wort fiel, mich der Stimme meines Bruders beständig verweigerte; daß ich den, welchen ich einzig zu lieben und zu bewundern glaubte, zugleich *haßte* wie ein Kolonisierter seinen Kolonialherren bewundert und zugleich haßt.

Auch meine Seele hatte gleichsam einen doppelten Boden erhalten, hinter dem ich meinen Haß vor mir selbst und der Welt verbarg. Hierin war ich das spiegel*verkehrte* Abbild meines Bruders: War dieser ein perfekter Erscheinungskünstler, so wurde ich im Laufe der Zeit ein perfekter Verdeckungskünstler. Um wenigstens den notdürftigsten Kontakt mit den Menschen aufrechtzuerhalten, gewöhnte ich mir allmählich eine Floskelsprache an; sie setzte sich aus kurzen, jederzeit abrufbaren Leerformeln und alltäglichen Redewendungen zusammen, die ich um so leichter artikulieren konnte, je nichtssagender sie waren. Wenn mich zum Beispiel ein Freund oder Bekannter nach meinem Befinden fragte, gab ich die immer gleiche, stereotype Antwort: ‚Danke, ich kann nicht klagen!' Oder: ‚Man tut, was man kann!' Äußerte sich jemand besorgt über mein schlechtes Aussehen, pflegte ich mit aufgesetzter Heiterkeit zu sagen: ‚Der Schein trügt. Mir geht es ganz gut!' Auch meinem Bruder begegnete ich vor und nach der Zaubervorstellung mit der stets gleichen ergebenen Freundlichkeit, der er allerdings immer weniger über den Weg zu trauen schien.

In der Tat fiel es mir von Tag zu Tag schwerer, die Fassade zu wahren. Als hilflos stammelnder und zugleich lächelnder Statist meines zaubernden Bruders begann ich mich zunehmend selbst zu verachten und zu hassen. Außerhalb meiner ‚Dienstzeit' als Double vernachlässigte ich immer mehr mein Äußeres, lief in abgerissenen Mänteln und Schuhen herum, meine Dachwohnung ließ ich im Dreck und im Müll versinken; wenn ich ausging, wußte ich oft nicht mehr, wo ich war und stieß mich beständig an Türpfosten und Straßenlaternen. Auch wurde ich immer zerstreuter und vergeßlicher. Den Weg zum Lebensmittelhändler mußte ich zumeist zweimal gehen, weil ich mit Sicherheit irgendeinen unentbehrlichen Haushaltsartikel vergessen hatte. Auf dem städtischen Fundbüro wurde ich bald zum Dauergast. Meine Wohnung, meine Kleidung, meine Sprache, mein Gedächtnis, kurzum: mich selbst ließ ich im Laufe der Zeit so verkommen, daß ich, wenn ich nicht gerade als Double meines glänzenden Bruders auf der Bühne stand, diesem in der Tat immer unähnlicher wurde.

Es war wie eine Ironie des Schicksals, daß meine Fehlleistungen in dem Maße zunahmen wie die magischen Leistungen meines Bruders; daß ich in meiner ganzen Art um so wunderlicher wurde, je mehr Wunder dieser auf der Bühne vollbrachte. War er der unbestrittene König der Magie, so schien ich dessen ahnungslos-unfreiwillige Parodie zu sein – eine Art Narr ohne Bewußtsein, der jede große Geste seines Königs zwanghaft karikierte. Hierin war ich wirklich unschlagbar, einzig und original. So unnachahmlich er mit seinen Ringen und Bällen jonglierte, so unnachahmlich hantierte ich inzwischen mit den Bruchstücken der Sprache, in der ich dauernd einzubrechen drohte. Sein Name prangte an allen Litfaßsäulen des Landes, während ich meinen Namen kaum noch aussprechen konnte. Wie Peter Schlehmil lebte ich ohne Schatten – als Schatten meines Bruders."

Marco Cambiani hielt in seiner Erzählung inne. Seine Stimme war plötzlich brüchig geworden, als ob sich ein alter Abgrund vor ihm aufgetan habe.

„Wissen Sie, daß Sie der erste Mensch sind, dem ich dies alles erzähle?" fragte er, wobei er mich hilfesuchend ansah.

„Ich danke Ihnen für dieses Vertrauen", sagte ich, während ein banges Gefühl in mir aufstieg, die mit diesem Vertrauen verbundene Erwartung und Verantwortung vielleicht gar nicht tragen zu können.

„Es ist mir, als ob ich zum ersten Mal einen alten Alptraum in Worte fasse, der wie durch einen Schwur in meinem Herzen versiegelt war! . . . Wenn Sie die Geduld haben, mir noch einen Moment zuzuhören?!"

„Sprechen Sie! Sprechen Sie! Sie können meiner Verschwiegenheit absolut sicher sein", sagte ich.

„Im nachhinein", fuhr Marco Cambiani in seiner Erzählung fort, „kommt es mir selbst fast wie ein Wunder vor, daß ich, der ich dabei war, meinen Namen, meine Sprache, mich selbst zu verlieren, *nicht* dem endgültigen Wahn verfallen bin. Schwer zu sagen, was mich vor diesem Schicksal letzten Endes bewahrt hat. Vielleicht ein Rest von Selbstvertrauen, das mich auch im schwarzen Kasten nie ganz verlassen hat; vielleicht ein nie ganz getilgtes, jetzt wieder auflebendes Mißtrauen gegen die angeblich so einzigartigen, unnachahmlichen magischen Kräfte meines Bruders, die er, in einem nachweisbaren Fall immerhin, meiner aktiven Mithilfe verdankte.

Eines Abends, als Alfredo gerade auf der Bühne stand, schlich ich mich, von einer plötzlichen Neugier getrieben, in sein Künstlerzimmer. Auf dem Tisch lag wie immer sein großer, schwarzer Zauberkoffer; doch, wie ich sofort bemerkte, steckte der Schlüssel noch in dem schweren, gußeisernen Vorhängeschloß. Offenbar hatte er vergessen, ihn abzuziehen. Seltsam, dachte ich, obwohl ich meinen Bruder von klein auf kenne, habe ich noch nie einen Blick in seinen Zauberkoffer getan. Diesen pflegte er nämlich in einem fest verschließbaren Fach im Zimmer meines Vaters zu verwahren, der früher auch einmal Artist und Zauberkünstler gewesen war und ihm die ersten Kunststücke beigebracht hatte. Immer wenn mein Vater und mein Bruder zu bestimmten Tageszeiten in diesem Zimmer übten, war mir und meinen Geschwistern der Zutritt verboten. – Jetzt, da ich vor Alfredos Zauberkoffer stand, stieg dasselbe Gefühl in mir auf, das mich als Kind erfaßte, wenn ich an dem verbotenen Zimmer vorbeiging: Das Gefühl, ausgeschlossen zu sein! Mit klopfendem Herzen drehte ich langsam den Schlüssel des Zauberkastens um. Der Deckel sprang auf: Eine geheimnisvolle, mit schwarzem Samt überzogene Landschaft kleiner Kästchen, Taschen, Nischen und Deckel tat sich vor mir auf. Als erstes fiel mir ein Kartenspiel in die Hand. Es war, wie ich sofort an der eigentümlichen Musterung der Rückseite erkannte, jenes Spiel, mit dem

Alfredo seinen ‚Kartensprudel' und seine ‚Kartenwelle' vor-führte. Ich blätterte es von vorne nach hinten durch. Aber es waren, wie ich nicht anders erwartet hatte, ganz normale Spielkarten. – Nun griff ich in eine Seitentasche seines Koffers und zog – siehe da! – seine berühmten Zauberringe hervor. Ich untersuchte sie: Drei Ringe hingen fest zusammen, ebenso zwei andere Ringe, vier waren einzeln und der letzte – ich traute meinen Augen kaum! – hatte einen *Schlitz*! Aber Al-fredo ließ doch immer alle neun Ringe vom Publikum unter-suchen?! Ich zählte die Ringe noch einmal durch: *Zehn* Ringe! Ach so! Er ließ also nur neun Ringe untersuchen, nachdem er den geschlitzten zehnten mit einem soliden Ring vertauscht hatte!

Ich war fassungslos. Sie müssen nämlich wissen, Herr Prä-sident, daß mein Bruder seinerzeit mit Hilfe dieses Ringspiels meine Zweifel an seinen magischen Fähigkeiten weggeblasen hatte. Ich weiß noch genau – ich war damals acht oder neun Jahre alt –, wie er mir in feierlichem Tone erklärte, er könne selbst eine so feste Materie wie Metall durchdringen, wenn er nur einmal dagegen blase. Natürlich glaubte ich ihm nicht und wollte ihn für seine Angeberei schon auslachen, als er einmal kurz pustete und – simsalabim! – zwei einzelne Me-tallringe blitzschnell ineinanderschlug. Ich zog und zerrte wohl eine geschlagene Stunde an den Ringen, bis ich unter Tränen schließlich einsehen mußte, daß ich sie *nicht* lösen konnte, wenn ich auch noch so oft dagegen pustete und ‚sim-salabim!' sagte. Von diesem Tage an war ich von dem magi-schen Genius meines Bruders überzeugt und fühlte mich ihm ebenso unzertrennlich verbunden, wie mir seine Metallringe erschienen.

Nachdem ich die Ringe an ihren Platz zurückgelegt hatte, hob ich einen langen, schwarzen Deckel auf. Darunter lagen Alfredos rote und weiße Bälle. Ich nahm einen Ball auf – und hatte doch plötzlich zwei Bälle in der Hand: Einen Ball und eine *Halbschale* – eine Doppelhalbschale, die sich vermittels eines kleinen, fast unsichtbaren Scharniers so drehen und schließen ließ, daß sie wie ein ganzer, solider Ball aussah. Sofort untersuchte ich auch die anderen Bälle: Unter den zwei Dutzend roten und weißen Bällen waren noch andere Halbschalen. Alle Bälle, die Alfredo auf so geheimnisvolle Weise zwischen seinen Fingern erscheinen ließ, kamen also offenbar aus einer Halbschale!

In diesem Augenblick, Herr Präsident, brach ich in Tränen aus. Die Halbschale, der geschlitzte Ring – das also waren die geheimnisvollen Talismane, die ich nie sehen, nie berühren, um deretwillen ich das Zimmer meines Vaters nicht betreten durfte. Ich weiß nicht, was mich trauriger machte: Die Entdeckung jenes lächerlichen Stück Holzes, jenes armseligen Stück Metalls, das mich von der Teilhabe am gemeinsamen Zauberreich meines Vaters und Bruders ausgeschlossen hatte, oder die Enttäuschung darüber, daß mein Bruder, dieser Wundermann, an den ich doch geglaubt hatte wie der Christ an den Heiligen Geist, nichts anderes als ein gewöhnlicher Trickkünstler war. Gewiß gehörte eine außergewöhnliche Geschicklichkeit dazu, Kunststücke wie das Ringspiel oder das Spiel mit den Bällen vorzuführen, aber selbst diese Glanzstücke einer vielleicht nur durch foltergleiche Übung zu erwerbenden Fingerfertigkeit verdankten ihre wunderbare Wirkung zuletzt einem doublierten bzw. geschlitzten Ring und einer doppelten Halbschale. Vielleicht war auch bei seinem halsbrecherischen Kunststück mit den Rasierklingen, das ich seiner angeborenen Zungenfertigkeit zugeschrieben hatte, eine doppelte Garnitur von Klingen im Spiel; und selbst sein sensationelles Kunststück mit den drei Büchern, das mir immer als Beweis für sein telepathisches Vermögen gegolten hatte, basierte wahrscheinlich auf einer doppelten Buchführung. Überall war ein *Double* im Spiel; ja, das *Doublieren* war offenbar das *Grundprinzip*, das all seinen vorgeblichen Wundern, den kleinsten wie den größten, zugrunde lag. Und ich? Ich war die Krönung, die Fleischwerdung dieses Prinzips; war ich doch die ganze Zeit nichts anderes als eine *lebende* Halbschale in der Hand meines Bruders gewesen!

Meine Wut und Enttäuschung, Herr Präsident, schlugen um in ein nicht minder großes Entsetzen: Ich war zu Tode erschrocken über mich selbst! Noch immer hielt ich die Halbschale, dieses grausige Symbol meiner selbst, in der Hand. Und wie um mich von diesem Schrecken abzulenken, vollführte ich mit dem Mittelfinger eine unwillkürliche Kreisbewegung um die rote Kugel in der Halbschale und rollte sie aus dieser heraus: ,Simsalabim! Aus eins mach zwei!' Und rollte sie wieder zurück: ,Simsalabim! Aus zwei mach eins!' Und das Erschrecken über mich selbst wich dem jähen Erstaunen darüber, daß auch ich zaubern konnte! Und als ob ich mich dadurch für die entsetzliche Tatsache entschädigen könnte, daß ich selbst die ganze Zeit ein lebendes Requisit aus dem Zauberkoffer meines Bruders gewesen war, beschloß ich in dieser Sekunde, auch zaubern zu lernen. Denn ich hatte entdeckt: Zaubern ist *erlernbar*! Und einem jähen Racheimpuls folgend steckte ich die gefüllte Halbschale nebst einer Garnitur von Bällen in meine Tasche, klappte den Zauberkoffer zu und verließ fluchtartig das Zimmer.

Sie werden sich fragen, Herr Präsident, warum auch ich plötzlich von der Idee besessen war, zaubern zu lernen. Ich sage es Ihnen ganz ehrlich: aus *Rache*! In dem Augenblick, da ich zum ersten Mal den geschlitzten Ring und die Halbschale meines Bruders in Händen hielt, brach der Damm, den ich vor meinem eigenen Haß errichtet hatte. Danach hatte ich nur noch einen bohrenden Wunsch: Ihn, der mich so lange mit seinen trickreichen Künsten gebluff hatte, mit seinen eigenen Mitteln zu schlagen und diesen falschen Gott aus dem Tempel zu jagen, den er sich von mir und seinen vielen Verehrern hatte erbauen lassen!

Dies war allerdings leichter gesagt als getan. In meinem wilden Rachebedürfnis überschätzte ich nämlich die Bedeutung des Requisits bzw. Tricks und unterschätzte bei weitem jenen Anteil, den die Geschicklichkeit, das artistische Können hat. Als ich noch in derselben Nacht in meiner Dachkammer zu üben anfing: Erst mit zwei, dann mit drei, schließlich mit vier Bällen, hatte ich zunächst nur Mißerfolge. Immer fielen mir entweder die Bälle oder die Halbschale herunter. Aber ich war zäh und gab nicht auf. Immer wieder sagte mir ein guter Genius: ‚Es ist alles eine Frage der Übung, der Arbeit und des Selbstvertrauens!' Und mit jedem Ball mehr, den ich in den folgenden Tagen und Wochen zwischen meinen Fingern balancieren konnte, wuchs auch mein Selbstvertrauen. Sogar das Selbstvertrauen, stellte ich staunend fest, kann man trainieren. Nach einem Monat ließ ich bereits vier Kugeln mühelos zwischen den Fingern meiner linken Hand erscheinen, nach einem weiteren Monat konnte ich dasselbe mit der rechten Hand, die mir indessen größere Schwierigkeiten bereitete als die linke. Das Schwierigste indessen stand noch bevor: Das Jonglieren! Hier half kein Requisit mehr, hier zählte nur noch das Ballgefühl! Wieder hatte ich die ersten Tage nur Mißerfolge; kaum vermochte ich drei Bälle gleichzeitig in der Schwebe zu halten, wie sollte ich da jemals mit *sechzehn* Bällen jonglieren?! ‚Man braucht eben doch ein angeborenes Ballgefühl!', dachte ich, ‚der eine hat's und der andere hat's eben nicht!' Aber plötzlich erinnerte ich mich, wie Alfredo nach dem Training manchmal ganz gedrückt zu mir kam, weil er die Bälle, die Vater ihm zuzuspielen pflegte, wiederholt hatte fallen lassen. Sein sprichwörtliches Ballgefühl war ihm also keineswegs angeboren; es war ihm buchstäblich *anerzogen* worden durch meinen Vater, der seine später abgebrochene Artistenlaufbahn stellvertretend in seinem ersten und ältesten Sohne verwirklicht sehen wollte. Alfredos magisches Talent war also zuallererst ein Geschenk des väterlichen Vertrauens und ein Produkt des väterlichen Ehrgeizes!

Diese Entdeckung veränderte buchstäblich mein ganzes Leben. Es genügte freilich nicht, diese Entdeckung gemacht zu haben. Wie Kolumbus erst den Nachweis erbringen mußte, daß die Neue Welt nicht nur in seiner Phantasie, sondern wirklich existierte, so mußte ich nun mir selbst und meinen Eltern beweisen, daß der Satz: ‚Der eine hat's und der andere hat's nicht!', der die Menschheit letztlich in zwei Rassen teilt und auf dem unser ganzes Gesellschaftsgebäude beruht, in der *Neuen* Welt, die ich entdeckt hatte, keine Gültigkeit mehr besaß; daß *Arbeit* und *Vertrauen* die alleinigen Erzeuger all jener außergewöhnlichen Talente sind, für deren Dasein wie für deren Fehlen die Menschen gleichermaßen das ‚Blut‘, das ‚Erbgut‘, den ‚angeborenen Charakter‘, die ‚Rasse‘, das ‚Schicksal‘ oder die ‚Vorsehung‘ verantwortlich machen. Ich mußte beweisen, daß kein Talent vom Himmel fällt, daß das Talent des Menschen vielmehr der Mensch selbst ist.

Von nun an entwickelte ich einen Fleiß und einen Ehrgeiz, den ich nie an mir gekannt hatte; es war ein Ehrgeiz nicht nur aus Rachebedürfnis, sondern auch aus Überlebenswillen – denn es ging ja tatsächlich ums Überleben! Ich mußte heraus aus dem schwarzen Kasten, in den der Aberglaube meiner Erzeuger und das Gefühl meiner eigenen Nichtigkeit mich gebannt hatten. Jetzt galt es, keine Zeit, keine Minute mehr mit Klagen und Jammern über die eigene Nichtigkeit zu verlieren. Von nun an arbeitete ich wie ein Besessener, trainierte zehn Stunden am Tag mit meinen Bällen.

Nach drei Monaten konnte ich bereits mit acht Bällen jonglieren; nach einem halben Jahr hielt ich zum ersten Mal zehn Sekunden lang zwölf Bälle in der Schwebe – ein Erfolg, der mich mit Stolz und Zuversicht erfüllte. Aber weiter ging es nicht mehr! Der dreizehnte Ball fiel mir regelmäßig herunter. Die Zahl dreizehn galt ja auch als absolute Grenze menschenmöglicher Jonglierkunst! Obwohl ich Tag und Nacht trainierte und darüber fast das Essen und Trinken vergaß, blieb mir die magische Zahl meines Bruders unerreichbar. Gehörte also nicht doch eine wunderbare Begabung dazu, um *sechzehn* Bälle in der Schwebe zu halten? Ich war schon nahe daran, zu verzweifeln und vor dem Genie meines Bruders zu kapitulieren, als es mir – buchstäblich in letzter Minute – wie Schuppen von den Augen fiel: Wie wenn Alfredo nur so tat, *als ob* er mit sechzehn Bällen jonglierte? Zwar ließ auch er zweimal acht Bälle zwischen den Fingern beider Hände erscheinen, die er dem Publikum Stück für Stück vorzählte; aber konnte er nicht in dem Augenblick, da er mit dem Jonglieren begann, einfach drei Bälle in den Doppelhalbschalen verschwinden lassen, so daß auch er in Wirklichkeit nur mit dreizehn Bällen jonglierte?

Das war in der Tat des Rätsels Lösung, Herr Präsident! Je mehr einer kann, um so mehr traut man ihm zu. Und wenn einer schon mit dreizehn Bällen jonglieren kann, wird man ihm auch den vierzehnten, fünfzehnten, das heißt die Grenzüberschreitung zum schlechthin Wunderbaren ohne weiteres glauben; zumal kein Mensch mit bloßem Auge mehr unterscheiden kann, ob der Künstler dreizehn oder sechzehn Bälle in der Schwebe hält. In die Lücken der eigenen Wahrnehmung aber schleicht sich unversehens der Glaube ein, hier: der Glaube an die wunderbare Aufhebung der Schwerkraft. Ist das nicht der Mechanismus, auf dem jeglicher Wunderglaube basiert?!

Diese Entdeckung gab meinen schon erlahmenden Kräften wieder Auftrieb und bestärkte mich in dem Wunsch, auch andere Zauberkunststücke zu erlernen. Von dem Honorar, das ich für meinen allabendlichen Auftritt als Double erhielt, kaufte ich mir nun verschiedene Zauberbücher. Auch nahm ich, freilich ohne daß mein Bruder etwas davon erfuhr, bei einem professionellen Magier Unterricht, der in mir sogar ein Talent witterte und mich zum halben Preis unterrichtete. Er verschaffte mir die nötigen Verbindungen zu den exklusiven Zauberfirmen des Landes, bei denen ich mir die notwendigen Requisiten und Präparate anfertigen ließ. Wie Sie wissen, ist ja das Teuerste weniger das Präparat selbst, vielmehr der Einfall, der diesem zugrunde liegt. – Ich muß sagen, ich verlor in dem Maße die Ehrfurcht und den Demutsreflex vor der Zauberkunst, als sich mir ihre höchst profanen Geheimnisse nach und nach entschleierten und ich sie selber erlernte. Mit der Zeit kannte ich fast sämtliche Tricks, mit denen der ,König der Magier' sein Publikum in Bann hielt. Viele von ihnen hätte ich inzwischen ohne weiteres nachmachen können; was

mir freilich immer noch gänzlich fehlte, war die Bühnener-
fahrung!

Zu meinem Schrecken stellte ich fest, daß ich neuerdings
Mühe hatte, meinen Bruder auf der Bühne nachzuahmen. Ich
hatte plötzlich das Gefühl, mich mit jedem Wort, mit jeder
Geste zu verraten. Es war mir zumute wie einem Schauspieler,
der nach der hundertfünfzigsten Repertoirevorstellung
plötzlich von der unerklärlichen Angst befallen wird, seinen
Text zu verlieren. Eines Abends passierte tatsächlich, was Alfredo die ganze Zeit befürchtet hatte: Ich fing auf der Bühne
an zu stottern. Zum ersten Mal versagte dem Double in der
Glanzrolle des Originals die Sprache. Als ich in den Kasten
gestiegen war, zitterte ich am ganzen Körper. Habe ich mich
verraten, dachte ich? Haben die Zuschauer es bemerkt? Doch
sie hatten offenbar nichts bemerkt, wie ich dem ungeteilten
Schlußapplaus entnehmen konnte.

Am Abend darauf, als ich nach der Vorstellung Alfredo in
der Garderobe begegnete, fragte ich ihn plötzlich mit flat-
ternder Stimme: ‚Sag mal, was würdest . . . du eigentlich sagen, wenn wir die Rollen einmal t. . .t. . .tauschen würden
und du st. . .statt meiner in den K. . .Kasten steigst? Schließlich ist es . . . kein Vergnügen, jeden Abend in den
K. . .K. . .Kasten zu steigen. Deinen P. . .Part k. . .kenne ich
inzwischen in- und auswendig! Warum soll ich . . . nicht auch
mal . . .in der K. . .K. . .Kaiserloge erscheinen? Schließlich
g. . .gehört ja nicht viel dazu!‘ Entgeistert starrte Alfredo
mich an. ‚Du – in der Kaiserloge?! Daß ich nicht lache! Du
hörst ja selbst, wie du stotterst. Das wird ein Auftritt: Ein
st. . .stot. . .stotternder Kaiser!‘ Und er lachte so gellend, daß
es mir in alle Glieder fuhr.

‚Aber ich stottere ja nur deshalb‘, erwiderte ich plötzlich
mit fester, bebender Stimme, daß er augenblicklich aufhörte
zu lachen, ‚weil ich immer in diesem verdammten Kasten
liege! Leg’ du dich mal abend für abend da rein! Da vergeht
dir dein Wortschatz!‘

‚Du willst mich wohl ruinieren, was!‘ schrie Alfredo mich

an. Dann setzte er mit leiser, aber schneidender Stimme hinzu: ‚Also das schlag’ dir nur gleich aus dem Kopf! Jeder hat seinen Platz im Leben, und jeder hat gefälligst seine Pflicht zu tun, egal, wo sein Platz ist!‘ Und er drehte sich auf dem Absatz um und schoß aus dem Zimmer.

Wäre er nur einen Moment später gegangen, Herr Präsident, dann hätte ich ihn wahrscheinlich, wie damals Kain seinen Bruder Abel, erschlagen! Denn jetzt hatte ich das letzte Geheimnis meines Bruders durchschaut, das – einem allgemeinen Gesetz der Zauberkunst folgend – nur deshalb so schwer zu durchschauen ist, weil es so *einfach*, so genial einfach wie der Trick mit der Halbschale war: Nie und nimmer in den schwarzen Kasten zu steigen! Sich vielmehr immer dort zu plazieren, wo das Scheinwerferlicht hinfällt! Daß mein Bruder nicht ein einziges Mal bereit war, Licht und Schatten mit mir zu *teilen*, das war tatsächlich das einzige Wunder, das er die ganze Zeit über vollbracht hatte. Kein Wunder des Blutes, ein Wunder des Geizes, keine Frage des Talents, der ‚angeborenen Begabung‘ – nein! Eine Frage der Rollenverteilung, eine Machtfrage!

In derselben Nacht hatte ich einen Traum, den ich nie vergessen werde: Ich liege wieder im schwarzen Kasten. Meine Herzschläge dröhnen wie Hammerschläge gegen die Wand; ich habe das Gefühl, der Kasten müsse zerspringen. Das Ohr an die Wand gepreßt, liege ich mit aufgestützten Ellbogen hinter der doppelten Wand. ‚Es ist vollbracht‘, höre ich die Stimme meines Bruders in der Kaiserloge. Das ist mein Stichwort. Unter Anspannung aller meiner Kräfte stemme ich mich gegen die doppelte Wand, sie birst, und noch bevor das Publikum die Hände zum Beifall erhoben hat, stehe ich mit funkelnden Augen aufrecht im Kasten. Alles starrt auf mich, zum ersten Mal auf mich, den *wirklichen* Marco Cambiani! Ich schaue an mir herab und sehe zu meiner großen Verwunderung, wie sich mein Körper – er ist durchsichtig wie Glas – allmählich mit Blut füllt. Es steigt wie die Drucksäule in einem Manometer langsam in mir hoch, von den Füßen aufwärts bis unter die Hirnschale – eine magische Transsubstantation, Fleisch- und Blutwerdung meiner selbst! Ich trete an die Rampe, meine roten Bälle in der Hand; aber mir ist, als blicke ich in einen schwarzen Kasten, der noch viel tiefer und schwärzer ist als der, dem ich gerade entronnen bin. Ich höre einen dumpfen, schweren, keuchenden Atem wie von einem ungeheuren Tier, das dort unten im Anschlag liegt. In diesem Augenblick weiß ich: Wenn ich jetzt eine einzige falsche Bewegung mache, mir nur die geringste Blöße gebe oder gar einen Ball fallen lasse, springt mir das Tier an die Kehle und zerreißt mich. Ein Peitschenknall schlägt an mein Ohr. Ich drehe mich um: Mein Bruder steht hinter mir, statt seines goldenen Zauberstabes eine goldene Peitsche in der Hand. ‚Zurück mit Dir in den Kasten!' faucht er mich an. Ich stürze mich auf ihn, entreiße ihm die Peitsche – ein Ringkampf auf Leben und Tod! Ich habe das Gefühl, zu ersticken; mit letzter Kraft kralle ich meine Hände in sein Gesicht. Er heult auf vor Schmerz und läßt mich los. Ich aber ziehe und zerre weiter an seinem Gesicht – da klappt es wie eine Halbschale auseinander: Darunter erscheint ein *zweites* Gesicht, ein Kindergesicht mit todtraurigen Augen, das mich erschrocken anstarrt. – Von diesem Blick wache ich auf. Ich muß weinen.

Nach diesem Traum, Herr Präsident, dauerte es keine vierundzwanzig Stunden, und ich kündigte meinen Stammplatz im Kasten ein für allemal auf. Nur in einem Punkt unterschied sich meine wirkliche Kündigung von jener im Traum: Sie fand ohne das Publikum statt! Schwer zu sagen, was mich an einer öffentlichen Bloßstellung meines ‚Chefs' letztlich gehindert hat: Mein Versprechen, sein ‚Betriebsgeheimnis' niemals zu verraten, oder sein zweites Gesicht mit den gekränkten Kinderaugen, das ich im Traum zum ersten Mal gesehen hatte.

Vor Beginn der nächsten Vorstellung – es war just der Abend, an dem Alfredo nach dem spektakulären Abbruch seines Prozesses seine Gratisvorstellung geben wollte – saß ich bereits im verdunkelten Abteil eines Schnellzuges, der die

Stadt in Richtung Süden verließ. Einziges Gepäck war mein Zauberkoffer, einziger Reisegefährte der Mond. Still vor mich hinpfeifend und so vergnügt wie noch nie folgte ich den geheimnisvollen Silhouetten der mitternächtlichen Landschaft, die an mir vorüberglitten; es war mir, als schwebte ich im lautlosen Gleitflug, eher den Gesetzen der Mondanziehung als denen der Schwerkraft gehorchend, über Berge und Täler dahin. Gegen Morgen erreichte der Zug die Landesgrenze. Als ich meinen Paß aus der Tasche zog, fiel mein Blick auf ein Bild, das dem meines Bruders ganz unähnlich war; es stammte offenbar aus einer Zeit, da ich noch ein eigenes Gesicht hatte. Es gefiel mir. Der Zollbeamte musterte mich mit zusammengekniffenen Augen, beständig das Paßphoto in seiner Hand mit dem vor ihm stehenden Original vergleichend. Er wird mich, dachte ich erschrocken, auf diesem alten Photo bestimmt nicht identifizieren, mich womöglich zurückschicken! Mit dem Paß Alfredos wäre ich längst über die Grenze! Aber zu meiner Verwunderung gab er mir den Paß freundlich lächelnd zurück und wünschte mir ‚Gute Reise!'

Ich wußte selbst nicht, wohin die Reise ging. Gegen Mittag sah ich auf einmal einen hellen, glitzernden Streifen am Horizont, der sich erst bläulich, dann azurn verfärbte: Das Meer! In einem Küstendorf mit weiß getünchten Häusern und einem kleinen Hafen, in dem Fischkutter mit eingezogenen Netzen lagen, hielt der Zug schließlich an. Ich stieg aus und nahm in einem kleinen, billigen Hotel Quartier. Nachdem ich einige Tage in diesem Dorf mit seinen lärmenden, aber herzlichen Menschen verbracht hatte, ging ich auf Wanderschaft. In der Hand meinen Zauberkoffer, streifte ich glücklich durch Pinienwälder und Olivenhaine, von Ortschaft zu Ortschaft, immer der Küste entlang, im vollen Vertrauen auf die Gastfreundschaft der Bewohner, die mich wie ihren eigenen Sohn beherbergten und bewirteten.

Eines Tages kam ich in ein Dorf, in dem gerade ein Wanderzirkus gastierte. Da ich Hunger hatte und kaum noch Geld, stellte ich mich dem Direktor des kleinen Unternehmens, einem dicken, freundlichen Herrn sogleich vor, sagte, ich sei ein Zauberkünstler und würde in seinem Zirkus gerne auftreten. Der Direktor willigte mit einem Handschlag, der einen Ochsen in die Knie gezwungen hätte, in mein Angebot ein; zahlen könne er mir allerdings nichts, denn dies sei ein armer Wanderzirkus, aber Kost und Logis hätte ich dafür frei; am besten träte ich gleich heute abend auf.

,Aber wo?', fragte ich ihn.

,In der Manege, wo sonst?' antwortete er.

,Ich muß wenigstens den Rücken frei haben. Sonst können die Leute, die hinter mir sitzen, doch alles sehen!'

,Macht nichts', sagte der Direktor lachend, ,die vor dir freuen sich über die Wunder, die du vollbringst, und die hinter dir darüber, wie du sie vollbringst!'

Ich war in großer Verlegenheit. Schließlich ist es eine eiserne Regel für jeden Zauberkünstler, sich Rückendeckung zu verschaffen, sei es durch eine Bühne, sei es durch eine spanische Wand. Das Manipulieren in der Arena, im Rund-um-Blick des Publikums, ist der Alptraum jedes Zauberers. Nach einigem Nachdenken kam ich zu dem Schluß, daß ich nur das Spiel mit den Bällen vorführen konnte; ich mußte eben nur peinlich darauf achten, daß die Doppelhalbschale immer, wenn ich ihr einen Ball entnommen hatte, sofort wieder zuklappte, so daß sie auch für die hinter mir sitzenden Zuschauer wie ein solider Ball aussah. Andererseits war dies gerade das Kunststück, bei dem ich mich noch am unsichersten fühlte; schließlich war es ja auch die Glanznummer meines Bruders. Zum Glück war in diesem Dorfe der Name Cambiani gänzlich unbekannt. Selbst wenn ich beim Jonglieren scheitern würde, dachte ich, stecke ich die Buhrufe eben ein und ziehe am nächsten Tag weiter.

Am Abend – die Zirkusvorstellung hatte schon begonnen – wartete ich unter dem kleinen Vorzelt, aus dem die Artisten, die Clowns, die Liliputaner und die Ponny-Reiterinnen auftraten, mit schweißnassen Händen auf meinen Auftritt. Unterm Jackett trug ich zwei Dutzend Bälle, die griffbereit in den

Ballklammern hingen. Durch den Vorhangschlitz fiel mein Blick auf die kleine Arena, die recht und schlecht mit Sägemehl bestreut war; überall schaute noch der nackte Ackerboden vor. Es roch nach Heu und Pferdeäpfeln. Nicht nur die kleine Arena, auch die nach hinten ansteigenden Zuschauerbänke waren voll ausgeleuchtet. Jedes Gesicht war zu sehen. Ganz Alte mit silbergrauen Haaren und schönen, tief gekerbten Gesichtern, die wie holzgeschnitzt wirkten, saßen neben Männern mit feldgrauen Schiebermützen und Frauen mit bunten Kopftüchern, die ihre Säuglinge auf dem Schoß hielten. Drei Generationen, von den Großeltern bis zu den Enkeln, schienen hier noch auf einer Bank versammelt zu sein. Überhaupt herrschte eine ganz andere Atmosphäre als in jenem restaurierten Barocktheater, in dem Alfredo seine Galavorstellungen zu geben pflegte und wo das Publikum, in großer Robe, mit Nerzen und Perlen behängt, sich nur im Flüsterton zu unterhalten wagte. Hier wurde laut geredet und gelacht; ja, zu meinem Erstaunen packten die Leute hier mitten in der Vorstellung ihre Stullen, Würste und Schinken aus und fingen munter zu essen und zu trinken an, ohne daß ihnen das Geringste in der Arena entging. Das Geklapper der Bierflaschen, das Schmatzen der Halbwüchsigen, das Schreien der Säuglinge schien die Zuschauer so wenig zu stören wie die Artisten. Auch sparte man nicht mit Beifall. Selbst die Nummern, die keine Glanznummern waren, erhielten Applaus, und als der Seiltänzer bei einem schwierigen Balanceakt das Gleichgewicht verlor und vom Seil fiel, pfiff keiner ihn aus. Ich sah rundum nur besorgte Mienen, und als jener nach einer kurzen Besinnungspause wieder aufstand, da brach, noch bevor er einen Fuß auf das Seil gesetzt hatte, ein ungeheurer Jubel aus, den der Artist mit dankbarem Lächeln entgegennahm; das Publikum hatte ihm sein Selbstvertrauen wiedergegeben, und er dankte es ihm durch einen noch kühneren Beweis seiner Kunst.

Mit einem Fuß auf dem Seil balancierend schlug er plötzlich einen Salto mortale rückwärts und landete mit demselben

Fuß wieder auf dem Seil. Das Publikum trampelte vor Begeisterung mit den Füßen.

Nun kam mein Auftritt, den der Zirkusdirektor mit einer Flüstertüte ankündigte: ‚Und nun, meine Damen und Herren, stelle ich Ihnen den ersten Zauberkünstler der Welt vor, der ohne Rückendeckung und spanische Wand, ohne doppelten Boden und Spiegelglas arbeitet, der einzige Magier, der Ihnen etwas vormacht, ohne Ihnen etwas vorzumachen – Marco Cambiani!'

Mit pochendem Herzen betrat ich die kleine Arena. ‚Meine sehr verehrten Damen und Herren', begann ich nervös, ‚eigentlich bin ich gar kein Zauberer!' Großes Gelächter. ‚Trotzdem möchte ich Ihnen ein Kunststück vorführen, das Sie bestimmt schon gesehen haben – das Spiel mit den Bällen!' Ich griff eine rote Kugel aus der Luft, die ich – simsalabim! – in eine zweite Kugel verwandelte; beide Kugeln ließ ich unter meinem rechten Knie verschwinden, um sie hinter dem linken Knie wieder hervorzuzaubern; dann zog ich eine dritte Kugel aus meinem Ohr, steckte sie mir in den Mund, kaute, schluckte und ließ sie – simsalabim! – zwischen meinen Arschbacken wieder erscheinen: ‚Eine schnelle Verdauung!' Das Publikum lachte. Ich bekam meinen ersten Applaus.

Jetzt kam die erste Klippe: Das Erscheinen der vierten Kugel zwischen kleinem und Ringfinger. ‚Und nun, meine Damen und Herren – simsalabim!' . . . Platsch! Die vierte Kugel war mir durch die schweißnassen Finger gerutscht und samt Halbschale zu Boden gefallen. Ich starrte auf die rote Halbschale, die wie ein böses, blutunterlaufenes Froschauge auf den gelben Sägespänen lag – und wollte vor Scham in den Boden sinken. ‚Ich habe es Ihnen ja gleich . . . ja gleich gesagt', stotterte ich, ‚daß ich eigentlich gar nicht zaubern kann!' Das Publikum lachte, aber ich spürte genau: Es war ein aufmunterndes, kein schadenfrohes, kein hämisches Lachen!

Ich faßte wieder Mut, hob die Halbschale mit der Kugel auf und steckte sie zwischen meine Finger zurück. Jetzt ließ ich in meiner rechten Hand der Reihe nach noch einmal vier

Bälle erscheinen und warf alle acht in meinen Zylinder. Dann vollführte ich mit beiden Händen eine weit ausladende Bewegung und hielt mit einem Schlag acht weiße Bälle zwischen allen zehn Fingern! Das Publikum war begeistert. Aber die eigentliche Feuerprobe meiner Kunst stand noch bevor: Das Jonglieren! Ich zählte die insgesamt sechzehn Bälle vor den Augen der Zuschauer noch einmal ab.

‚Meine Damen und Herren', sagte ich, während ich bereits mit vier Bällen jonglierte, ‚der größte Feind jedes Zauberers, der seinen magischen Kräften schier unüberwindliche Grenzen setzt, ist die Schwerkraft!' Jetzt jonglierte ich bereits mit acht Bällen. Das Publikum applaudierte. ‚All unsere hochfliegenden Träume macht sie zunichte, indem sie uns immer wieder auf den Boden der Tatsachen zurückholt.' Plumps! Zwei Bälle waren mir heruntergefallen. Es sah fast so aus, als wollte ich die berühmte Ballnummer meines Bruders parodieren. Das Publikum, im Zweifel darüber, ob es sich um ein wirkliches oder nur um ein vorgetäuschtes Mißgeschick handle, lachte. Aber: es lachte mich *nicht* aus! Ich hob die beiden Bälle auf und begann noch einmal von vorn. ‚Und dennoch gibt es Künstler, die es in der Überwindung der Schwerkraft schon weit gebracht haben. Natürlich rede ich nicht von mir!' Plumps! Diesmal waren mir gleich vier Bälle heruntergefallen. Ich war den Tränen nahe. Aber kaum zu glauben! Das Publikum klatschte, klatschte mir Beifall. Wollte es mich durch seinen Beifall ermutigen oder glaubte es tatsächlich, daß auch das Scheitern Bestandteil des Kunststücks, ja dessen eigentlicher Clou sei? Wie dem auch war, schien mir sicher: Diese Leute hier versagten mir nicht ihre Sympathie, wenn ich vor ihnen versagte. Sie ließen mich nicht fallen, wenn ich einen Ball fallen ließ!

Ich jonglierte jetzt wieder mit acht Bällen. Das Publikum applaudierte. ‚Aber das ist noch gar nichts!' sagte ich und meine Stimme klang fest wie noch nie, ‚Mein Vater kann sogar mit zwölf Bällen jonglieren!' Und ich warf vier weitere Bälle in die Luft – und ich hielt sie tatsächlich! Der Applaus verdoppelte sich. ‚Aber das ist noch gar nichts! Ich habe nämlich einen Bruder, der kann sogar mit sechzehn Bällen jonglieren!' Und ich schleuderte scheinbar abermals vier Bälle in die Luft, wobei ich drei blitzschnell in den Halbschalen verschwinden ließ – und ich wußte in diesem Augenblick, daß ich die dreizehn Bälle, die dem Publikum wie sechzehn Bälle erschienen, in der Schwebe halten würde – und ich hielt sie tatsächlich: dreizehn plus drei eingebildete Bälle – die magische Zahl meines Bruders! ‚Der eine hat's und der andere hat's eben *auch*!' rief ich verzückt, von einem unsagbaren Glücksgefühl erfüllt, in die Arena. Es war, als wenn die Bälle schon vor der Berührung meiner Fingerkuppen von selber umkehrten wie auf der Grenzlinie eines elektrischen Feldes, wo sich die Kräfte der Anziehung in solche der Abstoßung verkehren. Selbst die Bälle, die meinen Händen scheinbar entglitten, fing ich kurz vor dem Aufprall mit den Fußspitzen auf und kickte sie zurück in die Luft. Mit beiden Händen und Füßen, mit Stirn, Nase und Kinn jonglierend schien ich selbst der lebendige Springquell einer schier unendlichen Zahl von Bällen zu sein, die vermöge einer wunderbaren Kraft von unten nach oben fielen. In diesem Augenblick begriff ich, daß jene magische Kraft, die mich gleichsam die Schwerkraft besiegen ließ, ein Geschenk meines Publikums, ein Geschenk dieser Leute war, die mir alle Ängste genommen hatten und mich auf der Sprungfeder ihres Vertrauens gleich einem Federball in die Höhe schnellen ließen. Jetzt rasten sie, trampelten mit den Füßen, stießen Bravorufe aus, und ich mußte nach meinem Abgang noch mehrmals aus dem kleinen Vorzelt heraus in die Arena treten, um den nicht endenden Beifall entgegenzunehmen.

An diesem Abend, Herr Präsident, habe ich am eigenen Leibe erfahren, daß nur das Selbstvertrauen, das durch das Vertrauen der Menschen beflügelt wird, die wahren Wunder vollbringt. Nicht ich allein hatte kraft meiner Geschicklichkeit das Wunder mit den sechzehn Bällen vollbracht, mein Publikum hatte es *mit* vollbracht; es hatte, indem es mich statt als Wundermann als *Menschen* behandelte, der Fehler machte und machen durfte, auf eine unsichtbare Weise *mit* gezaubert. Und ich nahm mir vor, mir selber künftig den Beinamen ‚Marco Cambiani – Zauberer von Menschen Gnaden‘ zu geben."

Marco Cambiani war mit seiner Erzählung zu Ende.

„Herr Cambiani", sagte ich schließlich und ergriff seine Hand, „unter allen Zauberkünstlern, die ich kenne, sind Sie der erste, der die magische Selbsttäuschung durchschaut hat, in der ihre Kollegen noch immer befangen sind; der erste, der Ursprung und Wesen jener zauberhaften Kräfte erkannt hat, auf die jene noch immer das Monopol zu haben glauben! – Und doch, frage ich Sie, haben Sie Ihren Entschluß, unserem Verband beizutreten, auch reiflich bedacht? Wissen Sie um die Gefahren, die damit für Sie und Ihre weitere Entwicklung verbunden sind?"

Cambiani sah mich verständnislos an: „Ich weiß nicht, wovon Sie reden?"

„Gestatten Sie mir, Ihre Offenheit mit Offenheit zu beantworten", sagte ich und sah ihm fest in die Augen. „So viel Respekt und Anerkennung auch die Tatsache verdient, daß Sie dem schwarzen Kasten entronnen sind, so bedenklich stimmt mich die Tatsache, daß selbst Ihre Befreiung noch die Züge jener Nachahmung trägt, die Sie um Ihr eigenes Selbst gebracht hatte. Den Klauen Ihres zaubernden Bruders konnten Sie offenbar nur entkommen, indem Sie sich auf dem Wege der Imitation Stück für Stück auch jener dubiosen Kunst versicherten, die Sie so lange in der Versenkung hatte verschwinden lassen. Aber gesetzt, auch Sie werden eines Tages als Zauberkünstler zu Erfolg und Ansehen gelangen, werden Sie damit nicht bloß die unglückliche Bindung an ihren Bruder in anderer, wenngleich glanzvollerer Form fortsetzen? Gesetzt, auch Sie werden bald als gefeierter magischer Genius an der Rampe stehen, sind Sie dann nicht auch darin noch der blendende Kopist Ihres Bruders? – Ich sage es Ihnen ganz ehrlich: Ich mißtraue Leuten, die unbedingt berühmt werden wollen. Denn meistens wollen sie sich *rächen*! Sie, Herr Cambiani, waren immerhin ehrlich genug, zuzugeben, daß Sie auch aus solchen Gründen zu zaubern anfingen. Aber wer garantiert mir, daß Sie den falschen Gott, dem Sie so lange gedient haben, nicht bloß aus dem Tempel jagen wollen, um selbst an dessen Stelle zu treten? Werden Sie mit der gleißnerischen Rolle, die Sie anstreben, nicht zwangsläufig dieselben Eigenschaften annehmen, die Sie an Ihrem Bruder so zu fürchten und zu hassen gelernt haben? Wen werden Sie in der Versenkung verschwinden lassen, um Ihrem Publikum als großer Magier zu erscheinen? Wer wird *Ihr* Opfer sein?"

In Cambianis Gesicht malte sich Verwirrung und Ratlosigkeit. Offenbar hatte er sich diese Fragen noch nie gestellt. „Ich weiß nicht ... nein ... ich glaube ...", stotterte er, „daß ich ganz anders zaubern werde als mein Bruder!"

„Nun, für's erste will ich Ihnen glauben", sagte ich schließlich, „und tun, was in meinen Kräften steht, um endlich einem ‚Zauberer von Menschen Gnaden' den Eintritt in unsere anachronistische Zunft zu ermöglichen, die nur aufgrund ihrer dünkelhaften Abzirkelung die Jahrhunderte unbeschadet überdauern konnte. Zwar werden Sie – dessen seien Sie gewiß! – auf den erbitterten Widerstand all jener Herren stoßen, die unter Berufung auf das Genie und das Urheberrecht die höchst profanen Geheimnisse ihrer Kunst mit Klauen und Zähnen verteidigen werden, doch seien Sie ebenso meiner aufrichtigsten Unterstützung gegen jene ewig Gestrigen gewiß! Denn zuletzt wollen und sollen auch Sie erlöst werden von dem Fluch, der unsrer Zunft anhaftet, seit sie besteht: Vom Fluch der Geheimniskrämerei, vom Fluch des Wuchers und Schachers mit zauberhaften Talenten, die doch nur so lange einem einzigen gehören, als sie allen anderen verweigert werden!"

Marco Cambiani war es offenbar nicht gewohnt, so viel Zuspruch auf einmal zu erhalten; nur mit Mühe schien er seine Tränen zurückhalten zu können. Schließlich fiel er mir um den Hals und bedankte sich für die ihm zugesagte Unterstützung mit einer Überschwänglichkeit, die mich selbst fast zu Tränen rührte. Offenbar war ich der erste Mensch, von dem er sich wirklich verstanden fühlte.

Als er nach Mitternacht mein Haus verließ, dachte ich noch lange über ihn und seine Geschichte nach. Denn für mich, verehrter Leser, ist sie ein Gleichnis, das dem Alten Testament entstammen könnte, welches ja noch immer das größte und geheimnisvollste Zauberbuch der Welt ist. In gewissem Sinn stellt seine Geschichte eine Neufassung der alten Geschichte von Kain und Abel dar: Kain war nämlich gar nicht von Anfang an böse und rachsüchtig, wie uns die Überlieferung bis heute glauben machen will, sondern ist erst böse *geworden*, weil sein Opfer von Gott nicht angenommen wurde. Und warum nicht? Nun – sehr einfach: Weil sein Bruder Abel von Anfang an darzustellen verstand, nur sein Opfer sei das *wahre* und käme von Herzen. Und Gott ist darauf hereingefallen!

4. DER ANTI-ZAUBERER

Verehrter Leser! Bevor ich in meiner Chronik über das Schicksal der Gebrüder Cambiani fortfahre, bin ich Ihnen eine Erklärung in eigener Sache schuldig. Gewiß werden Sie sich längst gefragt haben, wie ich so lange amtierender Präsident einer Zunft sein konnte, zu der ich doch – wie Sie meinen eigenen Worten entnehmen konnten – ein derart gespaltenes Verhältnis habe. Mit einigem Recht könnten Sie mir sogar vorwerfen, Cambianis Erscheinungswunder – das heißt: Die bedenkenlose Ausübung einer Kunst, die gerade ihren höchsten und wertvollsten Gegenstand, den Menschen nämlich, zum Verschwinden bringt – kraft meines Amtes mit gedeckt zu haben. War es die schmerzliche Gewöhnung an den entarteten, stagnierenden Zustand, in dem sich die Zauberkunst unseres Landes seit Jahrzehnten befand, oder war es die Hoffnung, jene vielleicht doch noch von innen heraus erneuern zu können, was mich solange auf meinem Posten hielt – jedenfalls brachte mir Marco Cambianis Erzählung jäh zu Bewußtsein, wie fremd ich meinem eigenen Amt gegenüberstand und wie fahrlässig ich es all die Jahre verwaltet hatte. Immerhin hätte ich ja die Möglichkeit gehabt, Alfredo Cambiani in einer internen Aussprache zur Rechenschaft zu ziehen und, im äußersten Falle sogar, dem Zirkel mit meinem Rücktritt zu drohen, falls dieser seinem gefährlichen Treiben nicht endlich Einhalt gebiete. Um wenigstens im nachhinein den Einfluß meines Amtes geltend zu machen, nahm ich mir vor, Marco Cambiani nach Kräften zu fördern, in der Hoffnung, daß dieser „Zauberer von Menschen Gnaden" den verschütteten humanen Gehalt unserer, zur bloßen Selbstbespiegelungstechnik verkommenen Kunst wieder zum Vorschein bringe.

Zwei Wochen nach unserer nächtlichen Aussprache gab Marco Cambiani bereits vor dem hiesigen Publikum sein Debut. Ich hatte ihm inzwischen so weit die Wege geebnet, daß die Hohe Kommission des Zirkels, die für Neuaufnahmen zuständig ist, sein Debut zugleich als magische Eignungsprüfung wertete, die über seine endgültige Aufnahme in den Zirkel entscheiden sollte. Zum Glück war Alfredo Cambiani, der noch immer im Sanatorium weilte, bei der Vorführung seines jüngeren Bruders nicht zugegen; dafür waren um so zahlreicher die übrigen Honoratioren des Zirkels erschienen, die jeden Neuling in der Branche argwöhnisch zu beäugen pflegten. Selbstredend als Ehrengäste geladen, hatten sie in dem billigen und schlecht besuchten Vorstadttheater gleich die vordersten Stuhlreihen besetzt, damit ihnen ja kein Fehlgriff ihres Prüflings entging. Für das Publikum war der Eintritt übrigens frei, was es wohl in der Annahme bestärkte, daß es mit diesem Zauberkünstler, der sich so billig verkaufte, nicht allzu weit her sein könne. Sie können sich vorstellen, wie sehr ich um meinen Schützling bangte! Würde er sich und seine Kunst auch gegen dieses kritische und mißgünstige Großstadtpublikum behaupten können, das ihn gewiß nicht so vertrauensvoll aufnahm wie jenes ländlich-familiäre im Wanderzirkus? Ich glaube, noch nie in meiner bisherigen Laufbahn habe ich soviel Lampenfieber gehabt wie an diesem Abend, wo doch ich selbst gar nicht auf dem Prüfstand war.

Als der Gongschlag ertönt, tritt Marco Cambiani verstört und ungelenk an die Rampe, als wolle er sich am liebsten selbst von der Bühne zaubern. Nachdem er sich mit kargen Worten vorgestellt hat, beginnt er mit ein paar Ballkunststücken. Wie aus Versehen greift er einen roten Ball aus der Luft, wirft ihn scheinbar ins Publikum, aber man sieht genau, daß er ihn in die linke Ellenbogengrube plaziert, offenbar schlecht, denn die Kugel fällt hinter ihm zu Boden. Die Herren von der Kommission sehen sich vielsagend an. Cambiani entschuldigt sich, sagt, er könne eigentlich gar nicht zaubern, er sei nur ein Anfänger, aber jeder müsse schließlich einmal anfangen. Die Kommission hüstelt. Cambiani wiederholt das Kunststück, wirft den Ball scheinbar ins Publikum; diesmal gelingt ihm der Griff, und er zeigt mit leicht angewinkeltem Ellenbogen beide Hände leer vor: „Sehen Sie, der Ball ist tatsächlich weg!" Ein Herr von der Kommission mit spöttischem Grinsen: „Aber der Ball ist ja gar nicht weg! Heben Sie mal Ihren linken Ellenbogen hoch!" Cambiani schreckt zusammen, dann hebt er den rechten Arm hoch." Den *linken* habe ich gesagt!" schreit der Herr von der Kommission, während er seine Kollegen triumphierend ansieht. In ihren herablassenden Mienen glaube ich bereits jetzt das Urteil zu lesen: „Ein hoffnungsloser Dilettant! Durchgefallen!" Cambiani aber schaut den Zwischenrufer melancholisch an wie ein Kind, das sich von allen im Stich gelassen fühlt.

„Warum vertrauen Sie mir eigentlich nicht?" fragt er ihn. Dann hebt er langsam auch den linken Arm hoch. Doch darunter ist *nichts*! Der Ball ist tatsächlich weg! Verstörtes Gelächter. Applaus. Der Herr von der Kommission aber setzt sich mit hochrotem Kopf. Er war zum Opfer seiner Schadenfreude geworden.

Nach der Vorstellung – Cambiani zauberte auf ähnliche Weise auch noch mit Karten, Münzen und Seilen – war die Kommission im wahrsten Sinne des Wortes gespalten. Obwohl er sich – so meinte die Mehrheit der Kommissionsmitglieder – zuletzt einwandfrei als Ballartist und Jongleurkünstler qualifiziert habe, disqualifiziere ihn leider der *Stil* seiner Vorführungen. Wenn ihm beispielsweise das Jonglierkunststück auf Anhieb, ohne die vielen Pannen vorher, gelungen wäre, dann ließe sich über seine Aufnahme in den Zirkel wohl reden; aber die mangelnde Perfektion, die lange Durststrecke dilettantischer Vorversuche, die dem eigentlichen Gelingen vorausgingen, sei eine Zumutung für jeden Zuschauer. Im übrigen sei er über das gängige Repertoire der klassischen Salon-Magie, der Manipulation mit Karten, Münzen und Seilen, nicht hinausgekommen; er habe kein einziges neues Kunststück präsentiert, vielmehr das berühmte Ballwunder seines älteren Bruders einfach kopiert. Perfektion und Originalität aber seien die Hauptkriterien, an denen jeder Zauberkünstler gemessen werden müsse; beides lasse er leider schmerzlich vermissen.

Natürlich ließ ich die Argumente dieser Kollegen nicht unwidersprochen.

„Meine Herren!" begann ich mein Plädoyer. „Mit Bestürzung sehe ich, daß Sie die Eigenart dieses jungen Zauberkünstlers überhaupt nicht erkannt haben! Gerade die von Ihnen bemängelten Pannen und Fehlleistungen sind berechnete und ausgeklügelte Momente seiner Darbietungen; gerade deren scheinbare und genau inszenierte Unfertigkeit macht das originale Wesen seiner Kunst aus: Nämlich im kalten Glanze einer zwar virtuosen, aber völlig entmenschten Technik und Perfektion, auf die die Zauberkunst unseres Landes heruntergekommen ist, wieder ein *menschliches* Antlitz aufleuchten zu lassen, auch wenn dies zunächst ein Antlitz voller Angst ist! Das absolut Neuartige seiner Kunst besteht darin, daß Cambiani seine eigenen Versagensängste, an denen wir doch heute mehr oder weniger *alle* leiden – ja, auch Sie, meine Herren, die Sie anscheinend so selbstsicher die Bühne betreten! – zum Bestandteil, zur stets präsenten Falltüre seiner doppelbödigen Kunst macht; daß er ganz bewußt nicht nur seine Stärken und Talente, sondern auch seine Schwächen und Lücken veröffentlicht; wobei – und das ist das Vergnügliche! – am Ende kaum mehr zu unterscheiden ist, ob er von diesen Ängsten wirklich befallen wird oder ob er sie nur spielerisch vortäuscht. Im Unterschied zu allen bisherigen Magiern, die hoch über ihren Zuschauern thronen, betritt Cambiani die Bühne eigentlich als ein Anti-Zauberer. Er will sein Publikum nicht besiegen, nicht bezähmen, nicht bezwingen; er will ihm vielmehr mit Hilfe seiner Kunst einen *Spiegel* vorhalten: Den Spiegel seines Verhaltens einem einzelnen, einem Schwächeren gegenüber, der auf der Bühne anscheinend oder wirklich versagt. Dabei scheint er zunächst immer weniger als er ist, um am Ende immer mehr zu sein, als er zunächst schien. In dieser spielerischen Umkehrung von Wesen und Schein, von scheinbarem Nicht-Können und Am-Ende-Doch-Können liegt der eigentliche Überraschungseffekt seiner Kunst, die beim Publikum statt einer stumpfsinnigen und subalternen Andacht ein befreiendes Gelächter auslöst."

Offenbar war meine Rede nicht ohne Wirkung geblieben, denn in der folgenden Kampfabstimmung wurde Cambiani junior mit einer hauchdünnen Mehrheit in unsere Zunft aufgenommen. Der von ihm begründete neue Stil sollte schon bald als „Cambiani junior Spiegeleffekt" – nicht zu verwechseln mit dem „Cambiani senior Spiegeleffekt", auf dem das Erscheinungswunder basierte! – in die Geschichte der Zauberkunst eingehen. Dennoch hatte Marco Cambiani, sowohl im Zirkel als auch unter den Kritikern, noch viele Widersacher; diese sahen in ihm nicht nur einen billigen Vulgarisierer ihrer erhabenen Kunst, sondern auch einen gefährlichen Umstürzler, der im Begriff stand, die traditionelle Hoheitsschranke zwischen Bühne und Publikum endgültig einzureißen. Diese Leute bildeten bald eine geschlossene Front gegen ihn, suchten in der Presse wahre Hetzkampagnen gegen ihn zu entfesseln und seine sich mehrende Beliebtheit mit allen Mitteln zu untergraben.

Natürlich hatten sie Alfredo Cambiani von der überraschenden Aufnahme seines jüngeren Bruders in den Zirkel unverzüglich in Kenntnis gesetzt. Denn schon einen Tag später kam er in die Stadt zurück. Wie von seinem Manager zu hören war, soll er tagelang die wüstesten Beschimpfungen und Verwünschungen gegen seinen Bruder ausgestoßen haben. Die größte Provokation für diesen selbstherrlichen Mann lag indessen darin, daß sein ehemaliger Doppelgänger, der noch nicht einmal als verläßlicher Statist gelten konnte, nun plötzlich selbst im Rampenlicht der Bühne stand und den guten Namen Cambiani für seine eigene Zaubershow „mißbrauchte". Es stand also zu fürchten, daß er alle Hebel in Bewegung setzen und seine ganze Autorität benutzen würde, um die Aufnahme Marcos in den Zirkel wieder rückgängig zu machen und dessen bereits angelaufene Zaubertournee auf Dauer zu hintertreiben.

Tatsächlich gingen keine zwei Wochen ins Land, und Alfredo Cambiani wandte sich, wie ich aus unterrichteten Kreisen erfuhr, an seinen Anwalt, der ihn seinerzeit vor dem Staatsanwalt so glänzend vertreten hatte. Offenbar strebte er eine Urheberrechtsklage gegen seinen Bruder an mit dem Ziel, eine einstweilige Verfügung gegen dessen Zaubershow zu erwirken, die ja ebenfalls unter dem Namen „Cambiani" firmierte. Doch war dieser Versuch schon im Ansatz zum Scheitern verurteilt. Per Zufall spielte mir ein mit Cambiani junior sympathisierender junger Anwaltsgehilfe eine Kopie jenes Briefes in die Hände, den sein Chef an seinen Mandanten diktiert hatte. Gestatten Sie mir, Ihnen dieses hochnotpeinliche Dokument eines in seinem juristischen Eifer gebremsten Staranwaltes hiermit vorzulegen; wenn es auch bestimmt nicht für die Veröffentlichung gedacht war, so legt es doch nachgerade von den verzweifelten Bemühungen eines um seine geistige Urheberschaft kämpfenden Zeitgenossen ein tragikomisches Zeugnis ab.

„Sehr geehrter Herr Cambiani!
So sehr ich es mir als hohe Ehre anrechne, wiederum mit Ihrem Falle betraut worden zu sein, so möchte ich Ihnen doch, nach genauester Prüfung der juristischen Sachlage, dringend anraten, von Ihrem Prozeßvorhaben abzusehen. Zwar kann ich persönlich Ihren gerechten Zorn über die Anmaßung Ihres jüngeren Bruders, den guten Namen Cambiani für seine eigene Zaubershow zu mißbrauchen, bestens verstehen und nachempfinden; dennoch muß ich Sie davon in Kenntnis setzen, daß mir gegen Ihren Bruder leider keinerlei juristische Handhabe zu Gebote steht.

Was Ihr Ballwunder betrifft, so ist dieses zwar patent- und urheberrechtlich geschützt; indessen dürfte es äußerst schwer sein, eine einstweilige Verfügung gegen ihren Bruder auf der Basis einer Urheberrechtsklage zu erwirken. Zwar jongliert auch er mit sechzehn Bällen; aber im Unterschied zu Ihnen läßt er die Bälle – gleichgültig ob mit Vorsatz oder aus Ungeschick – wiederholt fallen, was jedenfalls eine einschneidende Modifikation Ihres Kunststücks im Sinne einer eigenständigen Stilvariante darstellt, die aus dem Geltungsbereich des von Ihnen reklamierten Patentschutzes herausfällt.

Auch der Beweis, daß Sie der *wahre* Cambiani sind und er der *falsche* ist, läßt sich mit den mir zur Verfügung stehenden juristischen Mitteln leider nicht erbringen. Denn in diesem Fall käme ja nicht nur das Urheberrecht, sondern auch das Erb- und Familienrecht zur Anwendung. Zwar ist der Künstlername Ihres geschätzten Herrn Vaters und Großvaters nicht automatisch auf sämtliche Nachkommen übertragbar, doch gibt es in der Rechtsprechung bislang keinen Präzedenzfall, aus dem hervorginge, daß der Künstlername einer Familie nur von einem einzigen Nachkommen in Anspruch genommen werden dürfe; es sei denn, der Nachweis ließe sich erbringen, daß Ihr Bruder Marco, wenngleich von Ihrer Frau Mutter geboren, sein Dasein doch einem anderen Erzeuger verdanke als Ihrem Herrn Vater. Nur in diesem Fall, der zu beweisen nicht nur erhebliche Schwierigkeiten bereiten, sondern auch dem Ansehen Ihrer Familie außerordentlich schaden dürfte, wären Sie von Rechts wegen befugt, Ihrem Bruder den Künstlernamen Cambiani streitig zu machen.

Leider läßt sich auch aus der unzweifelhaften Tatsache, daß Sie als *erster* zu zaubern angefangen haben, kein juristisches Kapital schlagen. Ich bedaure sehr, Ihnen mitteilen zu müssen, daß das Erstgeburtsrecht, das in seinem ganzen Umfange nur während der Feudalzeit in Kraft war, heute nur noch bei der Vererbung von materiellen Rechts- und Gebrauchsgütern, und auch hier nur noch in seltenen Fällen, etwa bei der Vererbung von Bauernhöfen, Geltung beansprucht; bei der Vererbung von immateriellen und geistigen Gütern dagegen nicht mehr in Betracht kommt.

Vielleicht tröstet Sie meine aufrichtigste und ehrerbietigste Versicherung, daß ich persönlich, als langjähriger Bewunderer Ihrer unsterblichen Kunst, Sie für den *wahren* Cambiani halte, wenngleich es mir in meiner Eigenschaft als Anwalt leider nicht möglich ist, den Beweis dafür vor dem Hohen Gericht zu erbringen.

Mit vorzüglicher Hochachtung"

Wie von Cambianis Haushälterin später kolportiert wurde, mußte diese wochenlang die bittersten Flüche auf das Gerichtswesen und die Rechtsprechung im Lande über sich ergehen lassen; Flüche und Schimpfworte, die sie noch nie von ihrem Herrn und Meister vernommen hatte, für dessen untadelige staatsbürgerliche Gesinnung sie bis dahin die Hand ins Feuer gelegt hätte.

Wie erwartet, ließ mir Alfredo Cambiani wenig später mitteilen, daß er mich in einer dringenden Angelegenheit zu sprechen wünsche. Ich ahnte, was auf mich zukam, und hatte mir für diese Aussprache einen genauen Schlachtplan zurechtgelegt. Bei mir sollte dieser magische Genius, der gewohnt war, alle Welt nach seinem Zauberstabe tanzen zu lassen, endlich auf Granit stoßen – vielleicht zum ersten Mal in seinem Leben!

Als Alfredo Cambiani zur verabredeten Stunde in meinem Hause erschien, ließ ich ihm durch meine Sekretärin bestellen, daß ich leider noch mit dringenden Angelegenheiten beschäftigt sei; wenn er jedoch warten wolle, könne ich ihn in einer halben Stunde empfangen. Zähneknirschend nahm er in meinem Vorzimmer Platz. Mit Bedacht hatte ich auf den Tisch, vor dem er saß, die neueste Ausgabe der *Magischen Rundschau* gelegt, die einen ausführlichen Bericht über die Premiere seines Bruders enthielt. Schließlich war mir bekannt, daß Cambiani den Pressespiegel mit größtem Interesse verfolgte. Und richtig! Als ich nach einer halben Stunde ins Zimmer trat, war er völlig in jene Besprechung vertieft.

„Entschuldigen Sie, Herr Cambiani, daß ich Sie so lange warten ließ", sagte ich im Tone äußerster Höflichkeit. „Hoffentlich ist Ihnen die Zeit nicht lang geworden. Ah, wie ich sehe, lesen Sie gerade über die Premiere Ihres Bruders! Schade, daß Sie nicht dabei waren! Ihre Familie darf sich wirklich glücklich schätzen, gleich zwei so zauberhafte Talente hervorgebracht zu haben!"

Cambiani sah mich verstört und mißtrauisch an. Dann wurde seine Miene eiskalt. „Was ein *wahres* Talent ist und was nicht, Herr Präsident, darüber läßt sich allerdings streiten", sagte er mit schneidender Stimme. „Was meinen Bruder betrifft, so habe ich eher den Eindruck, daß er aus seiner Not eine magische Tugend, aus seinem angeborenen Ungeschick einen sogenannten neuen Stil macht! Natürlich kann man einen Ball auch fallen lassen und hinterher behaupten, das sei das eigentliche Wunder!"

„Hätten Sie nicht allen Grund", entgegnete ich ihm, „Ihrem Bruder mit mehr Achtung zu begegnen, wo Sie ihm doch Ihr berühmtestes Kunststück verdanken?!"

Cambiani zuckte zusammen: „Woher wissen Sie das?"

„Von Ihrem Bruder!"

Sein Gesicht verfärbte sich. „Dieser Verräter! '

„Sie sollten ihm eher dankbar sein, daß er bisher so verschwiegen war, daß nur ich davon weiß. Stellen Sie sich vor, er hätte an die große Glocke gehängt, daß das ‚größte Erscheinungswunder der Neuzeit' auf einem Double und doppeltem Boden basiert!"

„Das ist der größte Geheimnisverrat, der je an einem Bruder und Magier verübt worden ist", sagte Cambiani mit tonloser Stimme.

„Beruhigen Sie sich! Noch ist es ja nicht passiert! Und ich bin sicher, wenn Sie sich mit Ihrem Bruder aussprechen, wird er mit Rücksicht auf Ihren Ruf und den Ihrer Familie auch weiterhin Stillschweigen bewahren!"

„Ah, ich verstehe! Eine kleine Erpressung, wie?" Er blickte mich argwöhnisch von der Seite an. „Wieviel will er denn haben?"

„Er will kein Geld von Ihnen", erwiderte ich. „Das einzige, was er will: Das gemeinsame magische Erbe Ihres Vaters mit Ihnen brüderlich *teilen!*"

„Ein originäres Talent ist immer *unteilbar!*" Seine Augen

funkelten. „Herr Präsident! Als Ehrenmitglied des Magischen Zirkels und Träger des Goldenen Zauberstabes sehe ich mich außerstande, mit einem notorischen Geheimnisverräter, der überdies noch meinen Namen trägt, unter demselben Dache zu verkehren. Entweder er oder ich! Sie haben die Wahl!"

„Herr Cambiani!" sagte ich nun in einem Ton, den er offenbar nicht gewohnt war, denn er wich meinem Blick unwillkürlich aus, „bevor Sie jetzt eine Dummheit begehen, die Sie später bereuen werden, hören Sie mir gut zu! Ihr Bruder hat zwar das Ihnen gegebene Versprechen gebrochen, indem er mich in Ihr Geheimnis eingeweiht hat; Sie aber haben sich eines Verstoßes gegen die Gesetze unserer Zunft schuldig gemacht, der viel schwerer wiegt als seine Indiskretion. Nicht Ihr ‚heimtückischer‘ Bruder, Herr Cambiani, sondern Ihr kokettes Spiel mit der eigenen Allmächtigkeit ist schuld an seinem Verrat! Denn wer sich mit höheren Mächten im Bunde wähnt und diese eingebildeten oder wirklichen Mächte dazu mißbraucht, sich selbst einen Tempel zu bauen, der *betrügt* die Menschen, indem er ihre naive Bereitschaft, an Wunder und höhere Wesen zu glauben, für sich selbst und seine eigene Machtvollkommenheit ausnutzt. Ich spreche hier nicht von Religion, Herr Cambiani, sondern von einer menschlichen Pflicht, die gerade wir Magier bei Strafe, unser ganzes Gewerbe in Verruf zu bringen, nie und nimmer verletzen dürfen. Beruht doch unsere Wirkung vornehmlich darauf, den in jedem Kinde vorhandenen Wunsch nach Allmächtigkeit auf eine spielerische Weise mit unseren Kunststücken zu erwecken. Doch wehe uns, wenn wir diese übernatürlichen Kräfte, die wir augenzwinkernd zu haben vorgeben, uns *wirklich* anmaßen! Wehe uns, wenn wir die in allen, selbst den aufgeklärtesten Menschen vorhandene Bereitschaft, an Wesen zu glauben, die vollkommener und mächtiger sind als sie selber, zur Erfüllung unseres eigenen Allmachtstraumes mißbrauchen! Das nämlich heißt, das eigentliche Gebiet der Zauberkunst zu verlassen und sich der *schwarzen* Magie in die Arme zu werfen, die – wie Sie wissen – nach unseren Statuten strengstens verpönt ist. Mit Karten, Ringen und Bällen, Herr Cambiani, dürfen Sie manipulieren, solange Sie wollen, aber *nicht* mit den kindlichsten und daher verletzbarsten Gefühlen der Menschen. Jahrelang haben Sie coram publico mit der eitlen Vorstellung gespielt, Sie könnten wirklich Wasser in Wein verwandeln. Ihr Publikum hat es Ihnen nicht ganz, aber insgeheim doch geglaubt, sonst würde es Sie jetzt nicht wie einen Halbgott verehren! Lassen Sie es sich von einem alten Mann, der mehr und viel größere Wunderdinge gesehen hat, als Sie je vollbracht haben, gesagt sein: Nicht nur Ihr Bruder, der Ihr Double abgeben mußte, damit Sie als wunderbares Original erscheinen konnten, auch Sie, Herr Cambiani, sind nur ein Double, sind nur ein Kopist! Denn Abend für Abend kopierten Sie im gleißenden Licht tausender funkelnder Augenpaare, die wie Scheinwerfer auf Sie gerichtet waren, das *Bild* des *Allmächtigen!*"

Alfredo Cambiani stand da wie vom Schlage gerührt. Er wollte etwas erwidern, doch seine Zunge schien wie gelähmt. Ein tiefer Schmerz sprach aus seinen zu Tode erschrockenen Augen.

„Es gibt nur *einen* Cambiani! Entweder er oder ich!" Mit diesen Worten, die er keuchend hervorstieß, riß er sich los. Noch lange blickte ich durch die offengebliebene Tür, so als könnte ich ihn mit den Augen zurückholen.

5. DAS SPIEGELKABINETT

Einige Wochen später, an einem trüben Winterabend, erschien Alfredo Cambiani ohne Voranmeldung wieder in meinem Haus. Er sah so verändert aus, daß ich ihn kaum wiedererkannte. Er trug einen schlichten, leicht verschossenen Anzug, was bei seinem sonst so gepflegten und eleganten Äußern ungewöhnlich war; er hatte tiefe Schatten unter den Augen und einen so verlorenen Blick, wie ich noch nie an ihm gesehen hatte.

Nachdem er mich mit kargen Worten begrüßt hatte, zog er aus einem kleinen Koffer seinen goldenen Zauberstab und den Zylinder mit dem goldenen Hutband und legte beides auf den Tisch.

„Verehrter Herr Präsident", begann er leise, „ich bin gekommen, um Zauberstab und Zylinder, die Insignien meiner einstigen Macht, in Ihre Hände zu legen. Zugleich bitte ich Sie, mich aus der Mitgliedsliste des Magischen Zirkels zu streichen. Ich habe der Magie für immer abgeschworen und möchte künftig ein stilles, zurückgezogenes Leben auf dem Lande führen."

Ich sah ihn erstaunt, dann zweifelnd an: „Es ist nicht das erste Mal, Herr Cambiani, daß Sie der Zauberei den Rücken kehren wollen."

„Sie haben freilich allen Grund, meinem Rücktrittsgesuch mit Mißtrauen zu begegnen. Aber diesmal meine ich es ernst: Ich werde nie wieder eine Bühne betreten!"

„Darf ich Sie bitten, mir zu erklären, wie Sie zu solch einem unerhörten Entschluß gekommen sind", sagte ich und wies ihm einen Sessel an.

„Wenn Sie Geduld haben, meine Geschichte anzuhören. Nur weiß ich nicht, ob Sie mir glauben werden!"

„Warum sollte ich Ihnen nicht glauben?"

„Weil alle Welt so sehr an mich geglaubt hat, daß kein

Mensch auf der Welt mir meinen eigenen *Unglauben*, meine Zweifel an mir selbst, jemals geglaubt hat."

„Nur der Ungläubige braucht den Gottesbeweis. Und was waren Ihre Kunststücke anderes als verzweifelte Versuche, sich selbst Ihre eigene Gottähnlichkeit zu beweisen!"

Cambiani zog unmerklich die Mundwinkel herab. In seinem Blick aber lag etwas Gequältes, fast Unterwürfiges: „Schon als ich zu Ihnen kam", begann er im Tonfall einer Beichte, „ahnte ich, daß ich Ihr Haus nicht mehr so verlassen würde, wie ich es betreten hatte. Und in der Tat: So wie Sie hatte noch nie ein Mensch zu mir gesprochen. Nach Ihrer Rede war es mir, als habe mir eine Axt den Schädel gespalten. – Als ich in meinem Hause ankam, schloß ich mich gleich in meinem Spiegelkabinett ein. ‚Es gibt nur *einen* Cambiani!' beschwor ich mein Spiegelbild, das die Lippen bewegte wie ich. Ich blickte in einen zweiten Spiegel. ‚Es gibt nur *einen* Cambiani!' sagte ich mit drohender Miene zu meinem Gegenüber, das die Faust ballte wie ich. ‚Es gibt nur *einen* Cambiani!' wandte ich mich flehend an einen dritten Spiegel, und mein Abbild echote zurück und schnitt dazu eine furchtbare Grimasse. Erschrocken blickte ich in einen vierten Spiegel: ‚Es gibt nur *einen* Cambiani!' antwortete mir jetzt ein angstverzerrtes Gesicht mit weit aufgerissenen Augen. Plötzlich wurde ich von einem Schwindel ergriffen; und als ich mich so um mich selber drehte und bei jeder Drehung im Spiegel eine neue Cambiani-Grimasse, eine neue Cambiani-Fratze erblickte, war es mir, als seien alle Teufel der Hölle losgebrochen, um mich in meiner eigenen Gestalt zu verhöhnen und zu verfolgen. Wo ich auch hinsah, überall sah ich mich selbst in unendlicher Verdopplung: Ganze Heerscharen von Cambianis, Tausende und Abertausende von Cambianis schienen mir auf den Fersen, schnitten furchtbare Fratzen, streckten mir die Zunge heraus; bis ich schließlich, wie ein Wahnsinniger um mich schlagend, schrie: ‚Ich bin nicht Cambiani! Ich bin nicht Cambiani! Ich bin nicht Cambiani!' Und während ich so aus Leibeskräften schrie, trommelte ich mit beiden

Fäusten gegen die Spiegel, bis diese in tausend Stücke zersplitterten und ich selbst unter dem Scherbenhagel zusammenbrach.

Zwei Tage und zwei Nächte lag ich so in einem todesähnlichen Zustand. Am Morgen des dritten Tages erwachte ich wie aus einer Ohnmacht. Als ich die Augen aufschlug, fiel mein Blick auf vier goldbronzierte Bilderrahmen, die mich von allen Seiten umgaben und die jene Spiegel eingefaßt hatten, von denen jetzt nur noch die Scherben auf dem Boden lagen. Aus jedem Rahmen blickte mich ein anderes, wie lebendig wirkendes Gesicht an, und jedes kam mir irgendwie bekannt vor. Ich hatte das Gefühl, all diese Gesichter mit ihren sonderbar sprechenden Augen müßten sogleich aus den Rahmen treten. Geblendet von diesen Augenpaaren, die auf mich gerichtet waren, bedeckte ich mein Gesicht unwillkürlich mit den Händen. Als ich wieder aufblickte, waren die Bilder verschwunden. Es war wohl eine Erscheinung, eine Art Wachtraum gewesen, und doch kann ich mich noch jetzt an jede Einzelheit genau erinnern:

Mir gegenüber hing das Portrait eines älteren Mannes, der einen goldenen Spitzhut auf dem Kopf trug. Er hatte ein scharf geschnittenes, sehr charaktervolles Gesicht mit einer langen, etwas gekrümmten Nase und energisch hervortretendem Kinn; seine bernsteinfarbenen Augen unter den buschigen Brauen blickten voll Güte und zugleich voll strenger Erwartung auf mich herab. Es waren die Augen meines Vaters. – Rechts neben mir hing das Bild einer schönen Frau in mittlerem Alter. Sie hatte lange schwarze Haare, weiche, fast mädchenhaft wirkende Gesichtszüge und schwermütige Augen; und doch schien in ihrem Blick eine stumme Anklage gegen mich zu liegen. Im Gegensatz zu dem so lebensnahen Bild meines Vaters wirkte das Bildnis meiner verstorbenen Mutter sonderbar fern auf mich; fast entrückt wie ein nachgedunkeltes Altarbild. Zu meiner Linken hing das Porträt einer etwas jüngeren Frau. Sie hatte helle blonde, schon leicht ergraute Haare eine hohe Stirn und bleiche Lippen, die ein schüchternes, kaum eingestandenes Lächeln verrieten. Ihre graugrünen Augen schienen gedankenverloren auf einen fernen Punkt gerichtet zu sein; und doch kam es mir so vor, als würde sie mir einen verstohlenen Blick zuwerfen. Es war das Bild meiner Stiefmutter. – Als ich mich umdrehte, glaubte ich erst ein Doppelporträt meiner selbst zu erblicken: Zwei lächelnde Knaben in Kniehosen und Kniestrümpfen mit dem gleichen blaukarierten Hemd und den gleichen kurz geschorenen Haaren stehen, einander zutraulich in die Augen blickend, an eine doppelstämmige Eiche gelehnt – wie ein Kinderbild von mir und meinem Bruder Marco. Doch lag etwas Verstörtes in meinem Blick, der auf eine sonderbare Weise nach innen gekrümmt war. Und auch der lächelnde Mund meines Bruders hatte einen verbissenen Zug.

Je öfter ich in den folgenden Tagen und Wochen mir diese alten Familienbilder ins Gedächtnis zurückrief, um so mehr Erinnerungen stiegen in mir auf; jedes Bild war wie ein Fenster zu einem anderen Ausschnitt meiner Vergangenheit, jedes Gesicht wie ein Schlüssel zu einem anderen Geheimfach meiner Seele. Und Stück für Stück fügten sich mir diese Bilder und die in ihnen geborgenen Erinnerungen zu einer Geschichte zusammen: Zur Geschichte meiner *eigenen Verzauberung,* zur Geschichte von der *Entstehung* meines Spiegelkabinetts! Aber um Ihnen diese zu erzählen, Herr Präsident, muß ich weit zurückgehen; ich weiß nicht, ob Sie soviel Geduld aufbringen!"

„Erzählen Sie, erzählen Sie!" sagte ich gespannt, „Damit sich auch für mich der Kreis endlich schließt. Denn Sie und Ihr Bruder hängen wie zwei Zauberringe zusammen, und doch kenne ich die Bruchstelle noch nicht, die Sie beide erst ineinander und dann auseinander getrieben hat!"

Und nun begann Alfredo Cambiani mir *seine* Geschichte zu erzählen, eine so unglaubliche Geschichte, verehrter Leser, daß selbst die verblüffendsten Kunststücke dieses Zauberkünstlers hinter ihr verblassen müssen.

„Wie Sie wissen, Herr Präsident, entstamme ich einer Artistenfamilie. Schon mein Großvater war ein berühmter Artist und Zauberkünstler. Ich selbst habe ihn zwar nicht gekannt, aber er wurde durch die Erzählungen meines Vaters für mich und meine Geschwister schon früh zu einer legendären Gestalt. Mein Großvater führte den Beinamen ‚Cambiani – der Unverletzliche!‘, der sich seinem berühmtesten Kunststück verdankte: Dem Kugelfang. Er ließ von einem unbekannten Zuschauer eine Gewehrkugel auf sich abfeuern, die er zwischen den Zähnen auffing. Die Kugel wurde vorher durch ein bestimmtes Zeichen vom Schützen markiert, so daß ein Austausch ausgeschlossen war. Bevor der Schuß abgefeuert wurde, ließ er eine nicht splitternde Glasscheibe zwischen sich und den Schützen stellen, die später den Durchschuß aufwies. Es ging sogar die Sage, daß mein Großvater eines Tages im Auftrage seiner Regierung nach Zentral-Afrika in eine unserer Kolonien reiste, um die in Aufruhr befindlichen Schwarzen durch die Vorführung des Kugelfangs von der Unbesiegbarkeit des weißen Mutterlandes zu überzeugen. Er soll dort, nachdem er sämtliche auf ihn abgefeuerte Kugeln mit seinen Zähnen aufgefangen hatte, wie ein einheimischer Gott verehrt worden sein. – Doch war dieser legendäre Großvater, der meine kindliche Phantasie schon früh beschäftigte, zugleich von einem bösen Odium umgeben. Er hatte nämlich seiner magischen Karriere zuliebe seine Frau mit ihren beiden Kindern verlassen. Der ältere von seinen Söhnen, mein Vater, setzte seine Mutter, übrigens schon mit zwölf Jahren, durch seine Zauberkunststücke in Erstaunen. Zwischen Mutter und Sohn entstand schon früh ein magisches Band, zumal dieser ihr in gewissem Sinne den Gatten ersetzen mußte. Der jüngere Bruder meines Vaters, mein Onkel, versuchte sich zunächst auch als Artist und versprach ein außerordentlicher Akrobat zu werden; doch gab er seine Exerzitien auf, nicht zuletzt deshalb, weil er im brüderlichen Konkurrenzkampf um die auf ihren Ältesten eingeschworene Mutter bald den Kürzeren zog. Er reagierte auf diese Kränkung durch ein verstärktes Dickenwachstum, das seinen artistischen Fähigkeiten endgültige Grenzen setzte. So blieb sein älterer Bruder, mein Vater also, *Allein*-Erbe jenes legendären magischen Vermögens, das der alte Cambiani seinen Söhnen vermacht hatte.

Ich erwähne dieses Stück familiärer Vorgeschichte, weil dasselbe Vererbungsschema, sich von einer Generation auf die andere fortpflanzend, sich auch zwischen mir und meinem Bruder Marco durchgesetzt hat. Als erstgeborener Sohn war ich gleichfalls der natürliche Erbe des väterlichen Talents. Kaum daß ich laufen gelernt hatte, warf mein Vater mir schon seine Bälle und Ringe zu, bis ich sie fast im Schlaf auffangen konnte; und als ich zu meinem sechsten Geburtstag einen Zauberkasten bekam, gab ich wenig später im Familienkreise meine erste Zaubervorstellung, die mehr als nur eine Talentprobe war; jedenfalls waren meine Eltern und meine Großmutter von meinen Kunststücken so entzückt, daß sie sich kaum beruhigen konnten. Daß das magische Erbe meines Vaters und Großvaters *ungeteilt* in meine Wiege gelegt worden war, gehörte daher zu den ersten, unumstößlichen Gewißheiten meiner Kindheit!"

„Aber wie erklären Sie sich dann", unterbrach ich ihn, „daß auch Ihr Bruder heute als Zauberer von sich reden macht?"

Cambianis Miene verfinsterte sich. „Ich bin der Meinung, daß ich als einziger . . . ich meine, ich bin absolut sicher, daß er als Kind keinerlei magische Befähigung erkennen ließ; abgesehen davon, daß er mir schon als Dreijähriger das Wort ‚Abrakadabra' penetrant nachgeplappert hat. Also entweder lügen die Zeitungen, und er kann gar nicht zaubern, oder tut nur so, oder . . . Ach, lassen wir das!" Mit einer jähen Handbewegung bedeutete er mir, daß er sich jede weitere Einmischung in diese Frage verbat.

„Mein Vater", fuhr er fort, während seine unruhigen Augen nach irgendeinem Halt zu suchen schienen, „war ein gütiger und selbstloser Mann, der für seine Frau und seine Kinder das Letzte geopfert hätte. Und wir Kinder liebten ihn

100

nicht bloß, wir vergötterten ihn geradezu. Denn er war – das erhob ihn in unseren Augen über alle anderen Väter – eben ein Zauberer! Wir waren regelrecht verzückt, wenn wir sahen, wie unser einzigartiger, unvergleichlicher, wundervoller Vater ein tausendköpfiges Publikum mit seinem langen Zauberstab in Bann hielt. Als der Krieg ausbrach, war es mit seinen großen Vorstellungen allerdings vorbei. Wie ich den spärlichen Andeutungen meiner Mutter entnehmen konnte, wurde er in einem kleinen Fronttheater dienstverpflichtet, in dem er mit billigen Späßen die kämpfende Truppe unterhalten mußte, bevor sie in den Tod geschickt wurde. Aus der Gefangenschaft heimgekehrt, suchte er seine durch den Krieg unterbrochene Karriere wieder aufzubauen und durch unermüdliches Training die alte Höhe als Artist und Jongleurkünstler wiederzugewinnen; doch bei seinen neuerlichen Auftritten zitterten ihm manchmal so die Hände, daß er die Requisiten, die er früher so virtuos zu handhaben verstand, immer häufiger fallen ließ. Zum Glück begann er rechtzeitig, sich auf einem anderen Gebiet zu spezialisieren: auf dem der Kinderzauberei, die zwar nie Gegenstand seines Ehrgeizes gewesen war, sich aber dennoch – oder vielleicht gerade darum – als seine eigentliche Stärke erweisen sollte. Nicht so sehr seine Tricks waren originell, vielmehr die Art, wie er sie vorführte. So ließ er bei seinen Vorstellungen ganze Heerscharen von Kindern Eier legen, so daß sich die Bühne augenblicks in einen gackernden Hühnerstall verwandelte, und seine Kaninchen zog er nicht aus dem Zylinder, sondern zur größten Gaudi der Kinder aus deren Mützen und Kapuzen.

Der kindliche Wunsch, in die Fußstapfen meines Vaters und Großvaters zu treten, war indessen nicht der alleinige, ja, noch nicht einmal der entscheidende Antrieb für meine magische Laufbahn. Die Vorstellung, ein Zauberer werden zu müssen, wie ihn die Welt noch nie gesehen hat, war – so glaube ich heute – die Reaktion auf ein Ereignis, das lautlos in mein kindliches Gemüt einschlug und dort gleichsam implodierte. An einem Herbstabend – ich war gerade acht Jahre alt geworden – betrat mein Vater das Wohnzimmer unseres Hauses, in dem meine Großmutter, meine Geschwister und ich wie zu einer Feierstunde versammelt waren. Wir alle waren in großer Sorge um unsere Mutter, die während einer Tournee, auf die sie Vater begleitet hatte, plötzlich schwer erkrankt war und nun seit einer Woche im Krankenhaus lag. Keiner wußte zu sagen, woran sie eigentlich litt und wann sie zurückkehren werde. Um so angstvoller erwarteten wir den Bescheid unseres Vaters, der sie zuletzt besucht hatte. ‚Meine Lieben‘, begann mein Vater in seltsam trockenem Ton, ‚Gott hat unsere liebe Mutter soeben zu sich gerufen! Habt keine Angst! Seid nicht traurig! Denn unsere liebe Mutter ist noch unter uns, sie ist jetzt nur im Himmel!‘

Ich saß wie versteinert. Meine Geschwister weinten, während ich keine Miene verzog, kein Wort, keinen Ton, keine Träne herausbrachte. Noch ehe wir aber recht begreifen konnten, was wir verloren hatten, nahm mein Vater seinen großen goldenen Spitzhut aus dem Koffer, zeigte ihn leer vor, sagte dreimal ‚Hokuspokus Fidibus‘ – und schon hatte er sich wie eine Zuckertüte mit Keksen, Bonbons und Schokolade gefüllt. Noch dreimal, als sei plötzlich Weihnachten ausgebrochen, füllte sich sein Hut wie ein Füllhorn. Mit dem Tod meiner Mutter verbinde ich noch heute die Gier, mit der ich damals die Süßigkeiten verschlungen habe.

Ich kann mich nicht erinnern, in den folgenden Tagen und Wochen auch nur eine Träne vergossen zu haben. Was mich derart versteinern ließ, war nicht allein der Schock ihres plötzlichen Verlustes; es war vielmehr das entsetzliche Gefühl, an ihrem Tode *schuldig* zu sein. – Zu jener Zeit nämlich hatte die Freundschaft mit einem sechs Jahre älteren Jungen einen Keil zwischen mich und meine Mutter getrieben. Dieser Junge, der beide Eltern im Krieg verloren hatte und sich Luzi nannte, redete mir ein, daß er in geheimer Verbindung mit dem gefallenen Engel Luzifer stehe, der viel mächtiger noch als Gott sei. Wenn ich ihm in allem, was er von mir verlangte, gehorsam wäre, würde auch ich bald zauberische Kräfte besitzen und eines Tages sogar fliegen können. Einmal schnitt sich Luzi, ohne eine Miene zu verziehen, in den Daumen, packte dann meine Hand und ritzte auch sie mit dem Messer. Während er seinen auf meinen Daumen preßte, bis sich unser beider Blut vermischte, mußte ich ihm beim Leben meiner Mutter schwören, von nun an dem gefallenen Engel zu dienen und die Geheimnisse, die er mir anvertraute, niemals zu verraten. Seither verschwieg ich unsere Zusammenkünfte und leistete Luzi absolute Gefolgschaft. Er verlangte von mir ‚Opfergaben‘ für den gefallenen Engel. Anfangs war er zufrieden mit meinem Taschengeld und dem Eingemachten, das ich aus dem Keller verschwinden ließ. Schließlich brachte ich ihm regelmäßig mein Abendessen, wobei ich vor fiebriger Erwartung sogar meinen Hunger vergaß. Doch der gefallene Engel, der durch Luzis Munde nicht nur zu mir sprach, sondern wohl auch, wenn ich gegangen war, mit seinem Munde aß, war unersättlich. Ich gab und gab, ohne daß jene ersehnten magischen Kräfte mir zuwuchsen. Wenn ich in meinem Opfermut nachließ, erinnerte mich Luzi wieder an das Fliegen; wenn ich gegen ihn aufbegehrte, drohte er, meinen Eltern zu sagen, was ich im Dienste Luzifers bereits begangen hatte.

Als meine Mutter dahinter kam, wer der Adressat meiner ‚Opfergaben‘ war, verbot sie mir, unter Androhung von Schlägen, den Umgang mit Luzi. Tatsächlich hielt ich mich auch eine Zeitlang von ihm fern; schließlich liebte ich meine Mutter und wollte sie nicht enttäuschen. Aber manchmal – ich weiß auch nicht warum – wurde sie von seltsamen Stimmungen heimgesucht, die sie ganz schwermütig und trübsinnig machten. Dann war sie oft tagelang für mich und meine Geschwister unansprechbar, oder sie reiste ohne Vorankündigung plötzlich ab. Ich, sonst ihr Liebling, den sie mit ihren Küssen und Liebkosungen schier erdrückte, kam mir dann jedesmal wie von ihr verstoßen vor. – Als mein Vater wieder einmal auf Tournee ging, sah ich meine Mutter eines Tages mit einem fremden Mann nach Hause kommen. Am nächsten

Morgen war er verschwunden. In den folgenden Nächten lag ich stundenlang wach, weil ich seine Stimme im Nebenzimmer hörte. Die Angst, daß meine Mutter mich verlassen könnte, raubte mir den Schlaf. Kurz darauf traf ich mich wieder mit Luzi und erzählte ihm von dem fremden Mann. Unter bösem Gelächter malte er mir in allen Einzelheiten aus, was der Mann mit meiner Mutter machte. Danach begann ich, dem gefallenen Engel zuliebe, sogar Geld aus dem Portemonnaie meiner Mutter zu stehlen.

Eines Nachts war es endlich so weit: Ich sollte fliegen lernen. Nach dem Gutenachtkuß meiner Mutter stieg ich aus dem Fenster meiner Schlafkammer und traf mich mit Luzi im Wald. Wir warteten bis Mitternacht. Auf Befehl meines Führers sprang ich nun über Baumstümpfe und moosbewachsene Gruben, wobei ich ein eigenartiges Prickeln in Händen und Füßen spürte, als ob ich mich gleich in die Lüfte erheben würde. Als ich im Morgengrauen totmüde und mit furchtbaren Schrammen an den Beinen nach Hause kam, wartete meine Mutter mit einem Stock im Hausflur. Wie sie so vor mir stand – bleich, mit hilflosem und zugleich wutverzerrtem Gesicht – hatte ich plötzlich den heftigen Wunsch, alles zu gestehen, was ich ihr verschwiegen, ihr vorgelogen und gestohlen hatte, und meine gerechte Strafe zu empfangen. Alles, was mich bedrückte, heulte ich mit einem Male aus mir heraus; ich wollte vor ihr keine Geheimnisse mehr haben. Sie aber schlug mich nicht; sie stand nur starr da und sagte mit eisiger Miene: ,Wenn du so weiter machst, wirst du noch einmal ein Verbrecher!' Es waren die letzten Worte, die ich von ihr hörte. Am gleichen Morgen reiste sie meinem Vater nach. Ich trug ihr noch die Koffer zum Bahnsteig, aber sie sprach nicht mehr mit mir und nahm mich zum Abschied auch nicht in den Arm. Ich hatte sie zu tief enttäuscht!

Die Nachricht von ihrem Tod traf mich wie ein Hinrichtungsbescheid: ,Mutter hat recht. Du bist ein Verbrecher! Denn sie ist aus Gram und Kummer über dich gestorben!' hämmerte es unaufhörlich in meinem Kopf. Zugleich suchte ich dem erdrückenden Gefühl meiner Schuld zu entkommen, indem ich mich wie ein Ertrinkender an die Versicherung meines Vaters klammerte, daß sie gar nicht wirklich, sondern nur scheinbar tot, d. h. noch ‚unter uns' sei. Da ich ihren Tod nicht wahrhaben wollte, hatte ich auch keinen Grund zur Trauer, zumal ich an ihrem Begräbnis nicht teilnahm, vielleicht nicht teilnehmen durfte?

Daß meine Mutter tot und zugleich lebendig, im Himmel und zugleich ‚unter uns', da und zugleich nicht da war – dieses von mir selbst und meinem Vater erzeugte Mysterium meiner Kindheit bestimmte hinfort auch mein Verhältnis zu den Menschen und zu den Dingen. Die geheime Gier, mit der ich später einen Ball, eine Karte oder gar einen Menschen verschwinden ließ, um sie triumphierend wieder irgendwo erscheinen zu lassen – diese tiefe und furchtbare Affinität zum Verschwinden- und Erscheinenlassen von Dingen und Körpern war im Grunde nur die bewußtlose Fortsetzung, die grausig artistische Wiederholung jener ersten magischen Manipulation, die ich anläßlich des Todes meiner Mutter an mir selbst vollzogen hatte. Daß ich mich schon als Kind vom Leben ab- und der Zauberkunst zuwandte, lag nicht zuletzt daran, daß die Kunst in meinen Augen eher hielt, was das Leben nur scheinheilig versprach. Meine ganze Kindheit hindurch habe ich auf eine dumpfe Weise auf die Rückkehr, die Auferstehung meiner scheintoten Mama gewartet – umsonst! Sie kam nicht mehr zurück; während ich doch meine Berufsehre als Zauberkünstler darein legte, alle Dinge, die ich verschwinden ließ, auch wieder erscheinen zu lassen!

Vielleicht, Herr Präsident, wäre ich wirklich ein Verbrecher geworden, wenn ich mich nicht an jenem Zauberstab hätte aufrichten können, den mein Vater mir damals entgegenstreckte. Kraft seines wunderbaren Vermögens aber verwandelte dieser Stab das Gefühl meiner Schlechtigkeit und Verlassenheit in sein Gegenteil: In das Gefühl der Allmacht, das mich meine Schuld fast vergessen ließ. Ich, der Halbwaise mit dem verlorenen Blick, sah anstelle der erloschenen, vorwurfsvollen Augen meiner Mutter nun plötzlich ein dutzend verzückter Augenpaare auf mir ruhen, und in ihrem gleißnerischen Licht mich zu sonnen wurde mir bald zum unstillbaren Bedürfnis, ja, zu einer regelrechten Sucht. Die Vorstellung, ein ‚Erwählter‘ zu sein und über geheime Kräfte zu verfügen, die nur ganz wenigen Menschen gegeben sind, wurde mir nun zur festen Gewißheit. Offenbar hatte dasselbe Schicksal, dieselbe ‚Vorsehung‘, die mir meine Mutter geraubt hatte, mich für diesen Verlust durch ein ganz außergewöhnliches Talent entschädigt, dem ich meinen kommenden Weltruhm verdanken würde. Als ob sich die Liebe der *Einen*, die ich verloren hatte, durch die Bewunderung der *Vielen* einfach ersetzen ließe, die ich durch meine zauberische Kunst an mich zu fesseln hoffte! Wenn das Gesetz des Umschlags von Quantität in Qualität, welches die organische ebenso beherrscht wie die anorganische Natur, vielleicht göttlichen Ursprungs ist, dann muß die Umkehrung dieses Gesetzes, die Ersetzung von Qualität durch Quantität, wahrhaftig eine Erfindung des Teufels sein. Denn erst heute weiß ich, Herr Präsident, daß der Ruhm kein Äquivalent für die Liebe sein kann, die ich als Kind so plötzlich verlor.

Um mich meiner magischen Wirkung zu versichern, begann ich schon früh – früher als andere Kinder vergleichbaren Alters – mich selbst zu beobachten und mich in allen wesentlichen Äußerungen, in Haltung, Gebärde und Diktion, genauestens zu kontrollieren. Ich stand gleichsam beständig neben mir selbst, damit mir auch nicht die geringste gefällige oder mißfällige Wirkung entging, die ich auf meine Mitmenschen ausübte. Die Selbstbeobachtung und Selbstkontrolle, vor allem mit Hilfe von Spiegeln, gehört – wie Sie wissen – zum Handwerk jedes Zauberkünstlers. Es hat jedoch seine eigene Bewandtnis damit, wie ich zu meinem ersten Spiegel – und damit zur ersten Reflexion auf mein magisches Selbst – gelangt bin. Auf dem Zaubertisch in meinem Kinderzimmer stand ein ovales, fast lebensgroßes Porträtphoto meiner toten Mutter. Ich liebte dieses Bild, das sehr dunkel, wie unterbelichtet wirkte und dessen einzige Lichtquelle ihre Augen waren, die mich so zärtlich anblickten, als ob ich immer ihr lieber Sohn geblieben wäre. Eines Tages, als ich wieder vor ihrem Bilde stand, entdeckte ich, daß das Schutzglas vor dem dunklen Hintergrund wie ein Spiegel wirkte, vor dem ich sogleich verschiedene Zaubergriffe und Körperhaltungen ausprobierte. Wo ich noch eben mit Andacht das Bild meiner Mutter betrachtet hatte, erblickte ich nun mit Entzücken mich selbst. Bald wurde mir das Üben vor diesem zwielichtigen Spiegel, der zwischen meinem eigenen Bild und dem meiner Mutter seltsam changierte, zum unverzichtbaren Ritual.

Ein Jahr nach dem Tod meiner Mutter heiratete mein Vater zum zweiten Mal. Es war eine sehr viel jüngere Frau, die vielleicht die ehrliche Absicht hatte, mir und meinen Geschwistern die tote Mutter zu ersetzen. Doch stand sie von Anfang an der geschlossenen Front von Kindern gegenüber, die ihre tote Mama um so mehr idealisierten, als die neue ihre Herzen zu gewinnen suchte. Gegen die in unsere Kinderherzen eingeschreinte Tote war die Lebende einfach machtlos. Vor allem mir erschien die Neuvermählung meines Vaters als regelrechter Verrat an den unantastbaren Rechten und Ansprüchen meiner leiblichen Mutter, von der ich nie wirklich Abschied genommen hatte. In mir regte sich sogar Haß gegen meinen sonst so vergötterten Vater, der mir gleichsam wie ein Falschspieler vorkam: Als wollte er mir eine *falsche* Mutter unterschieben, ein *Double* anstelle des Originals, das so plötzlich verschwunden war.

Und es dauerte auch gar nicht lange, bis meine Stiefmutter von meinem und meiner Geschwister stummen Boykott so entnervt und entkräftet war, daß sie immer kränklicher, launischer und herrischer wurde und schließlich jeder offenen Aussprache mit mir aus dem Wege ging, bzw. nur noch auf dem Umweg über meinen Vater mit mir kommunizierte; worin ich natürlich erst recht den Beweis ihrer ‚Falschheit‘ erblickte.

Ich glaube, meine idiosynkratische Abneigung gegen alles,

was nicht absolut original im Sinne von einzig und echt ist, meine abgrundtiefe Verachtung für alles im Leben wie in der Kunst Imitatorische und Nachgeahmte, entstammt jenem zweiten Schock meiner Kindheit: Dem ebenso gutgemeinten wie naiven Versuch meines Vaters, die wahre Mutter, die als idealisierte Phantomgestalt in meinem Herzen weiterlebte, gegen eine falsche einzutauschen. Indem ich mit Klauen und Zähnen die tote gegen die lebende Mutter verteidigte, glaubte ich, mein eigenes Selbst gegen seine drohende Verfälschung zu verteidigen. So verbündete ich mich mit dem Tod, den ich mit dem Original identifizierte, gegen das Leben, das mir als dessen Fälschung erschien.

In meinen kindlichen Augen folgte dem Verrat meines Vaters, den ich ihm gegenüber mit einer versteckten Feindseligkeit quittierte, bald ein zweiter Verrat. Auf die Dauer konnte er nämlich die Familie von den unsicheren und sporadischen Einnahmen als Artist nicht mehr ernähren, zumal wir wieder einmal Nachwuchs bekommen hatten. Mein Vater zauberte eben nicht nur ein Kaninchen, sondern auch ein Brüderchen nach dem anderen aus dem Hut. – Mit Rücksicht auf seine Familie und wohl auch aus tiefen, vor uns Kindern nie einge-standenen Selbstzweifeln heraus gab er seine Zauberkarriere schließlich auf und nahm eine Stelle als Ausbilder in einer Ar-tistenschule an, die uns ein regelmäßiges Einkommen si-cherte. Seine beliebten Zaubervorstellungen für Kinder pflegte er nur noch privatim zu geben.

Für mich und meine Geschwister war der Rückzug meines Vaters von der Bühne eine schwere Enttäuschung. Wir sahen nur, daß sich unser vergötterter Vater, den wir noch immer für einen der größten Zauberer hielten, von heute auf morgen in einen gewöhnlichen Bürger verwandelt hatte; statt seines Fracks mit den vielen geheimnisvollen Taschen trug er jetzt einen schlichten Anzug, statt seines Zauberstabs, den er an seinen Fingern schweben lassen konnte, einen gewöhnlichen Spazierstock. Enttäuschte Kinder sind grausam. Vielleicht hätten wir ihm dankbar sein sollen, daß er um unserer Zu-

kunft willen seine höchst ungewisse Artistenlaufbahn aufge-
geben hatte, doch ein Idol war für uns zusammengebrochen,
und wir fingen an, ihn heimlich zu verachten; besonders ich,
der ich von Kindesbeinen an der bevorzugte Trainingspartner
meines Vaters gewesen war.

Wenn das Wesen der Zauberkunst vor allem auf dem Vorgang des Vertauschens beruht, dann habe ich und wurde an
mir damals das erste Vertauschungskunststück meines Lebens vollbracht: Da ich schon als rechter Wunderknabe galt,
als mein Vater gerade aufhörte, von der Bühne herab Wunder
zu vollbringen, geriet ich – simsalabim! – plötzlich in seine
Rolle und zog wie ein Magnet jene Bewunderung auf mich,
die vordem ihm gegolten hatte. Die strahlenden Augen meiner Geschwister richteten sich auf mich; ich wurde für sie in
dem Maße zum vergötterten Ersatzvater, wie das götter-
gleiche Bild meines Vaters zusammenbrach.

Zu meinem eigenen Erstaunen aber wurde ich in der Rolle
des magischen Thronfolgers nicht nur von meinen Geschwistern, sondern auch von meinem abgedankten Vater noch
bestätigt. Zwar schien er nachgerade erleichtert und froh
darüber zu sein, daß er seinen ‚eitlen Karriereberuf‘ aufgege-
ben und als Ausbilder seine ‚eigentliche soziale und pädago-
gische Aufgabe‘ endlich gefunden hatte; doch sein jetzt oft
abwesender und verschleierter Blick verriet, daß der Abschied von seiner Artistenlaufbahn ihn mehr schmerzte, als
er selbst es wahrhaben wollte und daß sein neues ‚Berufs-
glück‘ nicht so ungetrübt war, wie er es gerne darstellte. Wer
weiß, vielleicht hätte sein Berufswechsel auch mich zuletzt
von jener zwielichtigen Kunst abgebracht, der ich mich in
meinem kindlichen Wahn verschrieben hatte, doch ich wurde
das Gefühl einfach nicht los, daß er aus der Not nur eine traurige Tugend machte, die ihn seiner wahren Passion zunehmend entfremdete. Die Strenge und Hartnäckigkeit, mit der
er seither meine Exerzitien überwachte und mich zu artistischen Höchstleistungen antrieb, bestätigten mich in diesen
Verdacht; als ob der Verzicht auf seine Karriere seinen Ehr-

geiz geradezu verdoppelt hätte, diese nun wenigstens in seinem Ältesten verwirklicht zu sehen!

Wie oft habe ich nicht, wenn ich vor dem Spiegel mit meinen Bällen jonglierte, meine Klassenkameraden beneidet, die in derselben Zeit gerade Fußball oder Handball spielten. Wie ein Kind, das all seine Spielgefährten verschreckt hat, spielte ich mit mir allein, warf mir beständig selber die Bälle zu und fing sie auf. Ich erinnere mich, wie ich einmal, in einem Anfall von Ekel, alle meine Bälle in den Gulli vor unserem Haus geworfen habe. Wie erleichtert fühlte ich mich, als ich einen nach dem anderen in dem Schlammloch versinken sah! Aber am nächsten Tag, als mein Vater dahinter kam, bekam ich erstmal eine Tracht Prügel und danach einen neuen Satz Bälle, mit dem ich sofort strafjonglieren mußte. Ich habe damals stundenlang geheult, nicht wegen der Schläge, sondern weil ich weiter zaubern mußte, um nicht vor den erwartungsvollen Blicken meines Vaters als Versager dazustehen. Und ich glaube heute tatsächlich, daß er, sonst ein so gütiger Mensch, in meinem Fall Ehrgeiz mit Vaterliebe *verwechselt* hat. Hier liegt wohl der Grund, warum ich von der Vorstellung, weltberühmt werden zu müssen, auch später nicht mehr loskam: Um mich als Erwachsener einmal für alle Verzichte, die mein Vater mir abverlangte, und für die dauernde Kränkung, die das Dasein meiner ‚falschen' Mutter für mich bedeutete, *rächen* zu können. In meinem Kopf legte ich mir damals ungefähr folgende Ansprache zurecht: ‚Wenn ich erst der größte Zauberer aller Zeiten bin, dann werde ich es Euch heimzahlen! Vergeblich werdet Ihr mich dann um Verzeihung bitten, aber dann wird es zu spät sein. Ich werde Eure Entschuldigung nicht annehmen. Und wenn ich schon ‚an die Spitze, an die Spitze' soll, wie Vater mir dauernd einhämmert, dann will ich meine Karriere auch nicht wegen einer Frau oder einer Familie aufgeben. Entweder ganz oder gar nicht!' Wie Sie sehen, Herr Präsident, bin ich heute noch Junggeselle!

Da es letzten Endes Selbstlosigkeit war, die meinen Vater die eigene Karriere abbrechen ließ, schwor ich mir, niemals zum Opfer einer solchen Schwäche zu werden. Darin wurde ich bestärkt durch die Ehrfurcht, die mein Vater Zeit seines Lebens den Spitzenmagiern entgegenbrachte. Wenn er so ins Schwärmen für die zaubernden Karrieristen verfiel, verstopfte ich mir jedesmal die Ohren, denn dann schien er für mich all die Qualitäten zu verleugnen, die ihn selber ausmachten!

Als Favorit des väterlichen Ehrgeizes war es nur natürlich, daß ich für meinen Bruder Marco *das* Vorbild schlechthin war, dem er schon früh nacheiferte. Ich erinnere mich daran, wie er einige Male sogar den zaghaften Versuch machte, meine Zauberkünste nachzuahmen. Aber da ich nun einmal der Zauberer der Familie war, ließ er bald wieder davon ab. Seither begnügte er sich damit, die Zaubervorstellungen zu organisieren, die ich im Freundes- und Bekanntenkreise gab. Aus alten Pappdeckeln schnitt er Eintrittskarten aus, auf die er in schönen gotischen Schnörkelbuchstaben den Namen ,Alfredo Cambiani' schrieb. Schon damals hat mich übrigens die Selbstverständlichkeit geärgert, mit der er unter meinen auch seinen Namen setzte; und nicht etwa, wie es sich gehört hätte, in Kleinformat, ganz und gar nicht, sondern in demselben unverschämten Großformat und in derselben gotischen Zierschrift, in der auch mein Name abgefaßt war. Ich kann nur sagen, er hatte – weiß Gott! – kein schlechtes Selbstbewußtsein!

Zwar betrieb Marco nach außen fleißig Mundpropaganda für mich und meine Zauberkünste; doch lag in seinem ganzen Verhalten mir gegenüber eine sonderbare Zurückhaltung und Verschlossenheit. An eine brüderliche Umarmung kann ich mich ebenso wenig erinnern wie an einen offenen Streit mit ihm; nur an gelegentliche Jähzornsanfälle, die dann wie aus heiterem Himmel über sein ansonsten gutmütiges Wesen hereinbrachen. Da sein Jähzorn aber ebenso schicksalhaft und angeboren schien wie mein Talent, machte sich kein Mensch darüber weiter Gedanken. Seltsamerweise war gerade ich das bevorzugte Ziel seiner Ausbrüche, gegen die ich

mich natürlich zur Wehr setzte. Manchmal, wenn er so los-
brüllte und um sich schlug, nahm ich ihn einfach in den
Schwitzkasten, bis er krebsrot im Gesicht anlief und ihm die
Luft ausging. Da aber keiner in der Familie ihn dann unter-
stützte, gab er seine Attacken schließlich auf und vertauschte
seine ohnmächtige Wut auf mich gegen den Wunsch, so zu
werden wie ich.

Meine körperliche Überlegenheit allein hätte freilich kaum
ausgereicht, um seinen beständig aufflackernden Jähzorn zu
bremsen. Es bedurfte also eines schlagenden Beweises, um ihn
von meiner Überlegenheit zu überzeugen. Diesen Beweis lie-
ferte ich ihm mit meinem Ringspiel. Ich werde das erst ungläubige und zuletzt ehrfurchtsvolle Staunen in seinem Blick
nie vergessen, als ich durch schieres Pusten zwei einzelne Me-
tallringe ineinanderschob, ohne daß er sie lösen konnte. Seither spielte er auf der kleinen Kellerbühne für mich den Vor-
hangzieher und bekam jedesmal einen hochroten Kopf, wenn
er nach der Vorstellung als der kleine Bruder des großen Zauberers Alfredo Cambiani erkannt wurde. Da er gegen mein
Talent nicht ankam, blieb ihm nichts anderes übrig, als mich
immer mehr zu bewundern. Wie anders wäre es sonst möglich gewesen, daß er später so bereitwillig und so lange als
Double für mich gearbeitet hat?! Jedenfalls hätte ich ihm
diese Rolle nicht einstudieren können, wenn er sie nicht auch
hätte spielen wollen! – Es ist mir übrigens bis heute unbe-
greiflich, warum er die Regeln unseres Spiels, auf das wir uns
schon als Kinder geeinigt hatten, plötzlich gebrochen hat!

Zu meiner Verteidigung muß ich außerdem sagen, daß ich
ihn mehrmals vor dem Plagiat zu warnen suchte, das sich
schon damals abzuzeichnen begann; öfter sagte ich zu ihm:
‚Sei froh, Marco, daß du nicht in meiner Haut steckst!' Aber
er konnte sich offenbar gar nichts Schöneres vorstellen, als in
meiner Haut zu stecken. So gebannt vom Glanze meiner Rolle
schien er das unglückliche Gesicht, das ich oft dazu machte,
gar nicht zu bemerken. So blieb er auf eine sonderbare Weise
blind für meine Leiden. Ja, bei aller Bewunderung legte er

eine trotzige Teilnahmslosigkeit mir gegenüber an den Tag, als ob sich sein unterdrückter Jähzorn auf diese passive Weise an mir rächen wollte. Er selbst freilich schien felsenfest davon überzeugt, daß er mich so liebe, wie man seinen Bruder nur lieben könne. Ich glaube heute, daß er seine mit einem trotzigen Gleichmut gepaarte Bewunderung für mich mit Bruderliebe *verwechselt* hat. Sonst hätte er mich später auch nicht so verraten können!

Allerdings habe auch ich nur wenig Versuche gemacht, ihn an meinem Kummer, den ich zumeist hinter der Maske des magischen Genius verbarg, teilhaben zu lassen. Ich hatte oft genug erfahren, daß mein Leiden für einen gewöhnlichen Menschen wie ihn so wenig nachvollziehbar, so unerreichbar war wie mein Talent. Er allerdings schien sich mir auch nicht mitteilen zu können. Heute glaube ich eher, daß wir Brüder schon früh – wenn auch aus verschiedenen Gründen – lernten, unsere Leiden in einer Servante, einer Geheimtasche unserer Seele, zu verbergen. So verschieden wir sonst sein mochten, darin waren wir uns vielleicht ähnlich."

Während Alfredo Cambiani von seinem Bruder sprach, machte er einen merkwürdig zerstreuten Eindruck. Tatsächlich schien er mehr als mit Marco mit seinen Händen beschäftigt zu sein, die die ganze Zeit über ein stummes Ritual vollführten: Im Wechsel reinigten nämlich Daumen und Zeigefinger der einen die Fingernägel der anderen Hand, was auf mich um so kurioser wirkte, als diese nicht die geringsten Schmutzspuren erkennen ließen. Überhaupt führten neben seinen Worten seine Gebärden und Gesten ein so sonderbares Eigenleben, daß ich manchmal selber Gefahr lief, mehr auf diese als auf jene zu achten; vielleicht auch deshalb, weil er in diesen unwillkürlichen Äußerungen der alten Rolle, die er so schonungslos vor mir entlarvte noch immer auf eine gespenstische Weise verhaftet schien.

„Es hat mich übrigens immer verwundert" – auf einmal war er wieder ganz bei der Sache – „daß die Familie an meinen magischen Fähigkeiten nie ernsthaft gezweifelt hat. Auch das Vertrauen meines Vaters in meine Berufung zum Magier war seit seinem Berufswechsel durch nichts mehr zu erschüttern. Sie werden es kaum glauben, Herr Präsident, aber es gab nur einen einzigen Menschen auf der Welt, der mir mißtraut hat: *Ich selbst*! Aber kein Mensch hat mir geglaubt, kein Mensch hat meine Zweifel ernst genommen! Immer wenn ich Anstalten machte zu sagen: ,Also hört mal! Ich bin gar nicht so wunderbar wie Ihr denkt, ich fühle mich sogar ziemlich schwach und elend!' schauten mich alle mit ungläubigen Augen an: ,Was! Du – und nicht können? Du schüttelst doch alles aus dem Ärmel!' Und wieder war ich verbannt auf meine Zauber-Insel!

Nun, meine Selbstzweifel haben sich schließlich und endlich doch durchgesetzt, sonst stünde ich ja jetzt nicht vor Ihnen und hielte meine Abschiedsrede. Auch darin übrigens bin ich das spiegelverkehrte Abbild meines Bruders: Er verfügt, obwohl oder gerade *weil* kein Mensch an ihn und sein Talent geglaubt hat, über ein erstaunliches Selbstvertrauen. Umgekehrt bei mir: Ich habe mein Mißtrauen mir selbst gegenüber nie verloren, obwohl oder gerade *weil* alle Welt an mich geglaubt hat!

Mein Vater war, wie gesagt, ein mehr mütterlicher Mann, der sich nicht nur in der Fürsorge um seine Kinder verausgabte, sondern sich auch als erster Diener seiner sehr viel jüngeren Frau begriff. Meine Stiefmutter stammte – heute sage ich: zum Glück! – aus keiner Artistenfamilie. Ihr Vater war Naturwissenschaftler, und auch sie hatte gerade begonnen, Physik und Mathematik zu studieren, als Heirat und Schwangerschaft ihrer wissenschaftlichen Laufbahn ein Ende bereiteten. Die plötzliche Beschränkung auf die Rolle der Hausfrau und Mutter fiel ihr begreiflicherweise nicht leicht, und daß sie ihre höheren Ambitionen der Familie zuliebe hatte zurückstecken müssen, das ließ sie uns manches Mal spüren. Um ihr diesen Verzicht erträglicher zu machen, bemühte sich mein Vater, ihr möglichst viel von den Haushaltsgeschäften abzunehmen, damit sie noch Zeit fände, ihren wissenschaftlichen Neigungen nachzugehen. Obwohl er einen immer größeren Teil der Haushaltspflichten übernahm, hatte er sonderbarerweise immer das Gefühl, noch zu wenig für sie zu tun; als stehe er bei ihr in einer geheimen und schlechthin untilgbaren Schuld. Eines Tages versetzte er sogar das beste und einzige Erbstück seines Vaters, seinen wundervollen, mit rotem Samt ausgeschlagenen Zauberkoffer, um von dem Erlös endlich jene Waschmaschine zu kaufen, die seine Frau so heiß ersehnte. Können Sie sich mein Entsetzen vorstellen, Herr Präsident? Den herrlichsten Zauberkoffer der Welt gegen eine Allerweltswaschmaschine einzutauschen! Die Geheimnisse mehrerer Magiergenerationen dem Wohlstand und der Bequemlichkeit der Hausfrau aufzuopfern! – Nun, mein Vater verstand auch ohne Zauberkoffer noch zu zaubern; seine Ehe erschien mir zeitweise als das gelungenste Vertauschungsexperiment, das er je vollbracht hat: Er band sich die Küchenschürze um, während meine Stiefmutter die Hosen anhatte.

Da er für uns Kinder in mancher Hinsicht die Rolle der fürsorglichen Mutter, sie hingegen die des tonangebenden Vaters spielte, wurde sie bald zur eigentlichen, vermöge ihrer wissenschaftlichen Vernunft mächtigen Autoritätsperson der Familie, die für mich zur beständigen Herausforderung wurde. Die Welt der Wissenschaft und die Welt der Magie standen sich hier auf eine unsichtbare und unversöhnliche Weise gegenüber. Zwischen mir und meiner Stiefmutter spielte sich denn auch ein teils offener, teils versteckter Machtkampf ab, den im einzelnen zu beschreiben hier nicht der Ort ist. In gewissem Sinne aber war sie auch Opfer ihrer Vernunftgläubigkeit; sie kannte sich in ihren Gefühlen, glaube ich, nicht allzu gut aus. Ich wußte natürlich, daß ich ihr mit Zauberkunststücken, die auf Tricks und mechanischen Wirkungen beruhten, nicht imponieren konnte; für diese gab es letztlich immer eine wissenschaftlich-technische Erklärung, die ihr fixer Verstand schnell heraus hatte. Wenn überhaupt, konnte ich sie nur durch ein Kunststück überzeugen, vor dem auch ihre aufgeklärte Vernunft kapitulieren mußte.

Zu diesem Zweck begann ich schließlich, mich mit telepathischen Kunststücken zu beschäftigen. Auch die Kunst des Gedankenlesens ist, wie Sie selbst am besten wissen, Herr Präsident, bis zu einem hohen Grade erlernbar; vorausgesetzt, der telepathische Künstler verfügt außer über ein gutes Gedächtnis auch über eine gute Einfühlungs- und Beobachtungsgabe vor allem jener unwillkürlich-averbalen Äußerungen der Menschen, die sich ihrer bewußten Wahrnehmung entziehen.

Eines Tages nun gab ich im Familienkreise die erste Probe meiner telepathischen Fähigkeiten ab, indem ich das Kunststück mit den drei Büchern vorführte. Sie kennen es, Herr Präsident, ich brauche es Ihnen also nicht weiter zu erklären. Das Erstaunen aller war groß; meine Stiefmutter meinte natürlich sofort, die Bücher seien bestimmt irgendwie präpariert – womit sie natürlich recht hatte! –; der betreffende Satz, den sie ‚frei‘ gewählt und den ich vorher auf einem Zettel notiert hatte, sei womöglich auf jeder Seite der Bücher zu finden. Erst wenn ich dasselbe Kunststück mit einem Buch wiederholte, das ich noch nie in Händen gehabt habe, sei sie bereit, an meine telepathischen Fähigkeiten zu glauben. ‚Gut‘, sagte ich zu ihr, denn ich hatte diese Reaktion erwartet, ‚wenn du gestattest, werde ich dasselbe Kunststück mit deinem Tagebuch wiederholen, das du ja so gut unter Verschluß hältst, daß kein Mensch außer dir seinen Inhalt kennen kann!‘ Sie sah mich mißtrauisch an, suchte nach allerlei Ausflüchten, sie habe es verlegt, ihre Schrift sei sowieso sehr unleserlich – es half alles nichts! Um vor ihren Kindern nicht als Spielverderberin dazustehen, gab sie unserem Drängen schließlich nach und holte ihr Tagebuch aus dem Schlafzimmer, wo sie es in einer Schublade ihres Toilettentisches zu verwahren pflegte.

‚Nenne mir nun‘, wandte ich mich feierlich an sie, ‚irgendein Datum aus dem zurückliegenden Monat!‘ Sie nannte prompt den 15. Mai – es war genau der Tag, an dem sie nach einem heftigen Krach mit mir mit einer schmerzhaften Magencholik darniederlag. ‚Deine Tagebucheintragung vom 15. Mai werde ich nun, zwar nicht wörtlich, aber doch sinngemäß, auf diesem Zettel notieren!‘ Ich schrieb also einen bestimmten Satz nieder, wobei ich mich bemühte, selbst ihre Schriftzüge getreu zu kopieren, faltete den Zettel langsam zusammen, verschloß ihn in einem Kuvert und händigte es ihr aus. Mein Vater und meine Geschwister hielten den Atem an. Langsam schloß meine Stiefmutter ihr Tagebuch auf, schlug es an der von ihr selbst bezeichneten Stelle auf, öffnete dann mit leicht zitternden Händen das Kuvert, nahm den Zettel heraus, den sie sogleich mit beiden Händen vor den neugierigen Blicken ihres Mannes verbarg und erbleichte. ‚Es stimmt!‘ sagte sie mit versagender Stimme, während sie hastig den Zettel zerriß.

Von diesem Tage an war sie wie umgewandelt. Bei Streitereien zwischen mir und meinen Geschwistern nahm sie mich nun in Schutz, während ich früher für sie immer der ‚Sündenbock‘ gewesen war; auch bei den sich in dieser Zeit zuspitzenden pubertären Kraftproben mit meinem Vater ergriff sie in auffälliger Weise für mich Partei. Bei Tische war ich bald ihr bevorzugter Gesprächspartner und meine täglichen Fingerübungen und Exerzitien begleitete sie neuerdings mit wohlgefälligen Blicken. Schließlich zog sie mich so sehr in ihr Vertrauen, daß ich das halb triumphierende, halb unheimliche Gefühl gewann, die Stelle meines Vaters bei ihr eingenommen zu haben. Wieder war ich – simsalabim! – zum Subjekt-Objekt eines magischen *Vertauschungs*-Aktes geworden, den gottlob keiner außer mir bemerkte. Seither datiert übrigens meine Verachtung für Vernunft und Wissenschaft, die doch letzten Endes vor der wahren Magie die Waffen strecken müssen.

Natürlich war ich an der plötzlichen Neigung, die meine Stiefmutter zu mir faßte, nicht unschuldig gewesen; war jene doch im Grunde nur ein verzweifelter *Ersatz* für die Mutter-

Sohn-Liebe, die zwischen uns nicht aufkommen konnte. Da ich sie mit den Augen des Sohnes nicht sehen konnte oder wollte, begann ich sie schließlich, um überhaupt eine Beziehung zu ihr herzustellen, mit den Augen des Mannes zu betrachten, während ihr Selbstgefühl durch meinen und meiner Geschwister stummen Boykott so geschwächt war, daß sie verzweifelt als Frau zu gefallen suchte, wo sie als Mutter nur Mißerfolge erntete. Genau dies war übrigens auch das Geheimnis jener Tagebucheintragung, das ich zu ihrem Erschrecken erraten hatte.

Daß mir zuguterletzt das Kunststück gelungen war, meine Stiefmutter in die Tasche zu stecken und meinen Vater gleich mit dazu, das gab mir ein Gefühl der Allmacht, das zugleich mit Verachtung für meinen Erzeuger gepaart war. Ich schwor mir damals, den Frauen auch hinfort nur in der Rolle des Magiers zu begegnen, um sie in meinem Bann zu halten.

So war ich schon mit fünfzehn Jahren der heimliche Abgott der Familie und hatte, ohne daß dies je ausgesprochen wurde, eine Macht, wie sie in alten Kulturen nur der Medizinmann oder der Schamane über ihren Stamm gehabt haben mögen. Ich weiß nicht, ob Sie sich vorstellen können, Herr Präsident, was dies für einen Halbwüchsigen bedeutet! Es gab keinen neben und keinen über mir, der mir an Machtvollkommenheit glich; keinen Vater, keine Mutter, keinen Gott und auch keinen Teufel, der meine Seele hätte kassieren können! Denn ich glaubte an keinen von beiden; ich wurde vielmehr mein eigener Gott und mein eigener Teufel!

Aber ich frage Sie: War diese Anmaßung allein meine Schuld? Ich hätte ja wirklich ein Gott sein müssen, um der Verführung durch so viel heimliche Macht widerstehen zu können! Die ganze Familie war ja in mich vernarrt, jedes Familienmitglied auf seine Weise, und jedes trug zu dem teuflischen Mythos bei, der mich von frühester Jugend an umwitterte. Ich war die lebende Wünschelrute dieser Familie; was meine Eltern und Geschwister, meine Verwandten und Bekannten sich selbst nicht zutrauten – *mir* trauten sie es zu! Ich sollte all die Wunder vollbringen, von denen sie bloß träumten. Sie alle spiegelten mir nicht mein wahres, vielmehr ihr eigenes *Wunschbild* von mir zurück. Natürlich sonnte ich mich in diesem göttergleichen Bild, das mir beständig aus ihren Augen entgegenstrahlte; andererseits hat mich die Angst, diesen maßlosen Erwartungen nicht genügen zu können und eines Tages als der große Versager dazustehen, nachts kaum mehr schlafen lassen. Von Kind auf genoß ich so die luxuriöseste und zugleich furchtbarste Gefangenschaft, die Sie sich vorstellen können: Ich war Gefangener *fremder* Wunschvorstellungen, umstellt, umzingelt von den erwartungsvollen Blicken meiner Familie, die mich schließlich wie in einem Spiegelkabinett eingeschlossen haben. Glauben Sie mir, nicht ich bin der Erbauer dieses Spiegelkabinetts, das große Heer meiner Bewunderer in – und später außerhalb der Familie hat es für mich und doch mir zum Fluche erbaut wie in früheren Zeiten die Fronbauern das Schloß und zugleich das Verließ ihres Feudalherrn! – Um diesem Luxusverließ zu entkommen, wollte ich allein . . . einzig und allein . . . ich meine, war meine einzige Hoffnung . . . ich . . .‘‘

Alfredo Cambiani, der die ganze Zeit auf einen bestimmten Punkt der Wand gestarrt hatte, schaute mich plötzlich erstaunt an und brach seine Rede verwirrt ab. Hatte der kurze Blickwechsel mit mir ihn soeben aus dem Takt gebracht, indem er ihn wieder daran erinnerte, daß noch ein anderer Mensch im Raume war? Obschon der erklärte Adressat seines Bekenntnisses, hatte ich nämlich die ganze Zeit das bedrückende Gefühl, für ihn gar nicht da zu sein. Selbst wenn er mich mit „Herr Präsident‟ ansprach, schien er nicht mich, sondern eine abwesende, imaginäre Person zu meinen, als ob er eigentlich gar keinen Zuhörer brauchte! – Mir fiel plötzlich jene Szene ein, da ich ihm im Clubhaus des Zirkels zum ersten Mal beim Jonglieren zugesehen und ihn dreimal angesprochen hatte, ohne daß er mich hörte. So versunken wie damals in seinen Balanceakt war er jetzt in seine eigene Rede gewesen: Es war derselbe tranceähnliche Zustand, aus dem die plötzliche Wahrnehmung meiner Person ihn soeben herausgerissen hatte. Das jäh eingetretene Schweigen machte uns beide verlegen. Ich wollte etwas sagen, nur nicht das, was mir gerade durch den Kopf ging. Schließlich schaute ich weg, um ihn nicht länger zu irritieren.

„Um diesem Luxusverließ zu entkommen", nahm er seinen Faden wieder auf, „siedelte ich, kaum volljährig geworden, in eine andere Stadt um. Aber auch hier ging mir bereits ein Ruf, ein Mythos voraus, der mich bald wieder in goldene Fesseln schlug. Ich machte damals den ernsthaften Versuch, einen normalen Beruf zu erlernen. Ich wollte Philosophie, Juristerei und Mathematik studieren, um meinen verlorenen Respekt vor der Wissenschaft wiederzugewinnen. Mit wahrem Feuereifer begann ich mein Studium, belegte zahlreiche Kurse, besuchte mehr Vorlesungen als nötig und schlug mir die Nächte mit der Lektüre juristischer, philosophischer und mathematischer Fachbücher um die Ohren. Von der Zauberei zog ich mich ganz zurück; nur gelegentlich, etwa auf einem Studentenball oder bei der Geburtstagsfeier eines Professors, gab ich eine kleine Zaubervorstellung. Aber das genügte bereits, um meine guten Vorsätze wieder zu Schanden zu machen. Mein Mathematikprofessor, zu dessen Geburtstagsfeier ich gerade mein Kunststück mit den drei Büchern vorgeführt hatte, gab mir bei der nächsten Prüfung im voraus eine Eins, weil er mich für ein telepathisches Zahlengenie hielt. Können Sie sich meine Enttäuschung vorstellen? Da hatte ich monatelang gepaukt wie ein richtiger Student – und es war alles umsonst! Nach der Prüfung lief ich nach Hause und warf meine Mathematikbücher auf den Müll. Wozu sollte ich noch studieren? Von mir wurden Wunder erwartet und keine soliden Kenntnisse. Selbst die Wissenschaft, die mich allein zur Umkehr hätte bewegen können, suchte an mir ihre geheime Sehnsucht nach Mystik und Aberglauben zu befriedigen. Ich hatte danach das Gefühl, die ganze Menschheit habe sich gegen mich verschworen, um aus mir einen zaubernden Taugenichts, einen magischen Vollidioten zu machen. Ist es da ein Wunder, daß ich bis heute nicht weiß, wie man den Umfang eines Kreises errechnet? Denn von mir, Herr Präsident, wurde immer gleich die Quadratur des Kreises erwartet!

Überall, wo ich hinkam, galt ich als Geheimtip – besonders bei den Frauen! Natürlich hatte ich bald heraus, daß mein Erfolg um so größer war, je größer das Mysterium war, das mich umgab. Denn nichts stachelt so den Ehrgeiz der Frauen an wie die Geheimnisse eines Mannes, die zu ergründen sie zu jeder Schandtat bereit sind. Mein Unglück jedoch war, daß sich mein Mythos gerade jener weihevollen Distanz verdankte, die mich beständig von den Menschen isolierte. Denn das Mysterium wirkt nur durch Ferne, nicht durch Nähe; darum fühlte ich mich in Gesellschaft auch immer wie von einem elektrisch geladenen Zaun umgeben. Ich stand wie unter Zwang, meine Rolle als unnahbarer Magier weiterzuspielen. Nach einer Zaubervorstellung hatte ich oft das heftige Verlangen, mich unter die Gäste zu mischen, die mich gerade beklatscht und bejubelt hatten, mit ihnen zu plaudern, zu trinken, zu tanzen – als einer von ihnen! Aber es war mir und ihnen nicht möglich. Wenn ich mich neben jemand setzen wollte, stand dieser sofort ehrerbietig auf; wenn ich etwas zu essen oder zu trinken verlangte, trat alles sofort vom Büffet zurück; wenn ich mit einer Frau, die mir gefiel, tanzen wollte, begannen ihr gleich die Knie zu zittern. Wo ich auch hinkam, überall verbreitete ich eine furchtsame Andacht, und wenn ich den Mund auftat, hörten die anderen automatisch auf zu reden. Da mir nur selten widersprochen wurde, bekam ich das trügerische Gefühl, in allem Recht zu haben. Da ich immer das Sagen hatte, blieb mir auch das Zuhören erspart. Im Grunde langweilten mich die Menschen, denn ich kannte ihre Meinungen und Gedanken zumeist, ehe sie sie aussprachen. Immer wieder machte ich die Erfahrung, daß sie ihre sogenannten Überzeugungen auf meinen Einspruch hin sofort aufzugeben bereit waren. So wirkten meine Sätze wie ein Steinhagel, der beständig auf mich selber zurückfiel, meine

Gedanken wie Blitze, die in mich selber einschlugen. Die ganze Welt war mir gleichsam zum Spiegel geworden, der mein eigenes Bild reflektierte – und doch suchte ich in diesem Spiegel verzweifelt ein *anderes* Bild, ein anderes, mir ebenbürtiges Gesicht, das ich *lieben* konnte.

Nur einmal in meinem Leben habe ich mich unsterblich verliebt: Sie hieß Caro Carina und war die begnadetste Tänzerin des ganzen Landes. Alle Welt lag ihr zu Füßen und ihre Verehrer zählten nach Legionen. Es ging die Sage, daß noch kein einziger von ihr erhört worden war; ein von ihr verschmähter Liebhaber hatte bereits Selbstmord begangen, wodurch sich die Zahl ihrer Verehrer natürlich verdoppelte. Die Carina war von einer solch klassischen Schönheit, als sei sie direkt dem Bilde eines Michelangelo entstiegen; ihr Gesicht von so kristallklarer Reinheit, daß schon die Vorstellung, es je zu berühren, mich zur Raserei brachte. Der Ruhm ihrer tänzerischen Darbietungen gründete sich auf die vollendete Anmut und Leichtigkeit ihrer Bewegungen und auf die ans Wunderbare grenzende Perfektion ihrer tänzerischen Figuren. Beim Spitzentanz schienen ihre Füße kaum mehr den Boden zu berühren, und wenn sie eine doppelte Pirouette drehte, schwebte sie wie ein Federball in der Luft, als ob die Schwerkraft selbst vor so viel tänzerischer Anmut staunend innehalte. Wenn die Grazie – nach dem Wort eines berühmten Dichters – dem Menschen nur dann vollkommen gegeben ist, wenn er entweder zur Marionette oder zur Gottheit geworden ist, wenn er sein Bewußtsein und seinen Willen entweder *ganz* verloren oder *ganz* gewonnen hat, dann war die Carina die lebendige Verkörperung dieses Satzes; wenn sie tanzte, hatte man nur die Wahl, entweder vor einer vollendeten Puppe oder vor einer vollendeten Göttin in den Staub zu sinken.

Schon das erste Mal, da ich die Carina tanzen sah, verfiel ich in einen wahren Taumel. Noch am selben Abend gelang es mir, ihre Bekanntschaft zu machen. Aber sie zeigte keinerlei Interesse für mich. Als sie nach einer kühlen Verabschiedung schließlich von ihrem Chauffeur abgeholt wurde, glaubte ich von einem berghohen Felsen zu stürzen: Einer unter vielen abgestürzten Bewerbern! In den folgenden Tagen und Wochen ließ ich ihr zahlreiche Buketts und Briefe zukommen, in denen ich ihr meine höchste Bewunderung für ihre Kunst aussprach. Doch sie rührte sich nicht. Mehrmals rief ich bei ihr an. Aber sie ließ sich immer verleugnen. Zwar war die Carina bekannt für ihren Stolz, aber daß sie mich, den berühmten Cambiani, unter all diesen gewöhnlichen Laffen, die ihr nachstellten, nicht erkannte, das trieb mich fast in die Nähe des Wahnsinns.

Wieder war die Zauberkunst mein rettender Anker. Ich ließ der Carina für meine nächste Premiere ein Billet zukommen, das ihr einen Ehrenplatz in jener Loge zusicherte, die der Bühne am nächsten lag. Ich hatte mir für sie ein eigenes Kunststück ausgedacht. Nach meinen ersten Darbietungen, die das Publikum wie immer begeistert beklatschte, ging ich mit einem Kartenspiel, das ich vorher hatte untersuchen lassen, zur Loge der Carina: ‚Meine Dame‘, sagte ich, ‚ich bitte Sie nun, aus diesem gewöhnlichen Kartenspiel eine Karte nicht Ihrer, sondern *meiner* Wahl zu ziehen: die Herz-Dame!‘ Die Carina warf stolz den Kopf zurück und erwiderte: ‚Ich ziehe die Karte, die ich *will*!‘ Bedaure sehr, aber Sie werden die Herz-Dame ziehen!‘ sagte ich mit leiser, aber eindringlicher Stimme. Sie zögerte lange, tippte bald diese, bald jene Karte an, bevor sie sich endlich für eine entschied. Es war die Herz-Dame! Die Carina erbleichte. Darauf bat ich sie, die Karte wieder in das Spiel zu mischen; sie tat es mit zitternden Händen. Jetzt zückte ich einen Silberdegen, warf das Kartenspiel in die Luft – und spießte die Herz-Dame mit der Degenspitze auf. Das Publikum war hingerissen, die Carina sprachlos.

Von diesem Tage an wurde sie meine Geliebte. Sie wußte natürlich nicht, daß ihr die Herz-Dame durch einen Trick ‚aufforziert‘ worden war, den jeder bessere Kartenkünstler beherrscht. Ich hütete mich freilich davor, ihr dies zu bekennen. Zwar genoß ich es sehr, an ihrer Seite nun von Empfang zu Empfang zu schreiten, wobei die halb neidischen, halb bewundernden Blicke ihrer zahllosen verschmähten Liebhaber Spalier bildeten; dennoch litt ich auf eine dumpfe Weise unter dem Gefühl, sie betrogen und durch die falsche Vorspiegelung meiner magischen Kräfte verführt zu haben. Nicht der Mann, der Zauberer Alfredo Cambiani hatte diese stolze Schönheit bezwungen; darum mußte ich auch vor ihr den Zauberer immer weiterspielen. Dabei war meine größte Sehnsucht, einmal, wenigstens bei einem einzigen Menschen *Mensch* sein zu dürfen – frei von jener unseligen Verpflichtung zur Größe, die mich am Leben hinderte und mir den Weg zu einem menschlichen Glück versperrte. Nie war ich so allein und unglücklich gewesen wie neben dieser Frau, die ich liebte und um die alle Welt mich beneidete! Wie fror es mich doch in meinem Tempel, in dem sie die Hohepriesterin spielte! Einmal, als ich es in meiner Einsamkeit nicht mehr aushielt, suchte ich ihr zu erklären, was eine ‚Volte‘ ist und wie man durch eine besondere Technik des Auffächerns eine bestimmte Karte ‚forziert‘. In diesem Augenblick hätten Sie sie sehen sollen, Herr Präsident! Solch einen gekränkten Blick habe ich seitdem nicht mehr gesehen! Sie fragte mich, ob ich sie durch solch falschen Zauber unbedingt verletzen wolle – wohlgemerkt: nicht der Trick, vielmehr die Behauptung, daß es sich um einen Trick gehandelt habe, erschien ihr als falscher Zauber! Und natürlich war sie nicht davon abzubringen, daß ich ihr meinen Willen aufzwingen könne. Ich hatte in diesem Augenblick das Gefühl, bei Strafe, ihre Liebe zu verlieren, den Schleier des Mysteriums, hinter dem ich mich verborgen hielt, niemals heben zu dürfen, und so zog ich mich wieder fröstelnd in mein Allerheiligstes zurück. So konnte ich auch mit der Carina, dieser Altarschönheit, nicht glücklich werden, denn ich fühlte mich von ihr nur bewundert, aber nicht verstanden, nicht geliebt. Eigentlich habe ich mein ganzes Leben immer nur Liebe gesucht – als Mensch, und immer nur Bewunderung geerntet – als Zauberer, und schließlich

Bewunderung für Liebe nehmen müssen. Dies, Herr Präsident, ist der Kardinalirrtum, der meinem ganzen Leben, das tragische Mißverständnis, das meiner ganzen Karriere zugrundeliegt!

Die Carina war, wie gesagt, eine Schönheit, wie sie sonst nur durch unsere Träume geistert. Und doch hatte sie einen winzigen Makel: Zwischen Nase und Mundwinkeln hatte sie nämlich zwei außergewöhnlich ausgeprägte Falten, die um so deutlicher auf ihrer Haut hervortraten, als diese sonst von einer porzellanhaften Glätte war. Genau genommen waren es Lachfalten; doch bekamen sie dadurch etwas Rätselhaftes, daß sie auch da waren, wenn sie nicht lachte oder lächelte; als ob sich hinter ihnen ein geheimer Kummer verbarg, der, um vor der Entdeckung ganz sicher zu sein, die Form seines Gegenteils, die gefällige Gestalt des Lächelns angenommen habe. Ich schenkte diesen Falten zunächst keine Bedeutung. Erst seit dem Tage fingen sie mich an zu stören, da ich die Carina in die höchst profanen Geheimnisse meiner Kunst einweihen wollte und sie so gekränkt und abweisend darauf reagierte. Wenn ich ihr jetzt gegenüber saß, starrte ich wie hypnotisiert auf diese Falten. Von ihrem schönen Gesicht nahm ich bald nichts anderes mehr wahr als diese beiden Hieroglyphen zwischen Nase und Mundwinkeln. Die Vorstellung, daß sich hinter diesem Lächeln, das stehenblieb, auch wenn sie zu lächeln aufgehört hatte, das Geheimnis ihres ganzen Lebens verbarg, wurde mir bald zur fixen Idee.

Eines Tages fragte sie mich plötzlich, warum ich sie so sonderbar anstarre. Nach vielen Ausflüchten fragte ich sie endlich, woher sie nur diese merkwürdigen Falten habe. Sie zog einen kleinen Taschenspiegel aus ihrer Handtasche und betrachtete aufmerksam ihr Gesicht. ‚Wenn Dich diese Falten so stören‘, sagte sie gekränkt, ‚dann werde ich sie eben wegschminken!‘ Am nächsten Abend hatte sie tatsächlich etwas mehr Puder und Schminke aufgelegt; aber sie brauchte nur einmal zu lachen und schon traten, wie Risse unter einem frisch getünchten Haus, die beiden Falten unter der Schminke hervor. Als ich sie wieder so anstarrte, zückte sie wortlos ihren Taschenspiegel und machte abwechselnd mit der Ober- und Unterlippe merkwürdige Spannbewegungen, um die Haut zu straffen. Plötzlich brach sie in Tränen aus. Ich erschrak, suchte sie zu trösten, diese ‚Fältchen' würden ihrer Schönheit natürlich keinen Abbruch tun usw. Aber es war bereits zu spät!

Mit diesem Tage, Herr Präsident, begann unsere Trennung, deren Einzelheiten ich Ihnen hier ersparen will. Ich weiß auch nicht, was mir mehr Angst machte: Die Vorstellung, daß die Carina eines Tages dahinter käme, daß die Sakristei ihres angebeteten Magiers nur eine gewöhnliche Trickkiste barg, oder die Ahnung, daß ich eines Tages hinter ihrem Schönheitsmakel einen viel größeren Makel, einen Makel ihrer Seele, entdecken könnte. Jeder betrachtete den anderen wie ein Kunstwerk. Wir hatten uns so reine, ideale Bilder voneinander gemacht, daß schon die geringste Abweichung von diesen Bildern uns derart in Panik versetzte, als habe sich das Original nachgerade als komplette *Fälschung* erwiesen. Keiner ertrug den Makel des anderen: Ich nicht den Schönheitsmakel in ihrem Gesicht, sie nicht den Kratzer am Mythos ihres Magiers. Wir waren beide Perfektionisten, grausame Perfektionisten! Schwer zu sagen, von wem die Trennung letzten Endes ausging. Ich glaube, in dem Augenblick, da wir beide erkannten, daß wir uns *ebenbildlich* waren, ließen wir vor Schreck einander fallen!

Ja, Herr Präsident, ich hatte mich tatsächlich in mein eigenes Spiegelbild verliebt. Und ich habe es nur deswegen nicht erkannt, weil dieses *weibliche* Züge trug! Sie können sich nicht vorstellen, wie mich diese Entdeckung entsetzt hat. Ich war damals kurz davor, Selbstmord zu begehen. Ich hielt die Rasierklinge schon in der Hand, mit der ich mir die Pulsadern aufschneiden wollte. Aber just in dem Moment rief mein Manager an und teilte mir mit, daß er soeben für mich die größte Tournee meiner ganzen bisherigen Laufbahn abgeschlossen habe. Und wieder war es die Zauberkunst, die mich dem Zugriff des Jedermann, der mir schon über die Schulter schaute, entzog: Auf dieser Tournee führte ich nämlich zum ersten Mal meinen später berühmt gewordenen Rasierklingentrick vor, der mir – wie weiland meinem legendären Großvater – den Beinamen ‚Cambiani, der Unverletzliche' eintrug.

Ich frage Sie, ist es denn ein Wunder, daß ich mich in mein eigenes Spiegelbild verliebt habe? Wohin ich seit frühester Jugend auch blickte, überall blickte man auf mich und spiegelte mir ein göttergleiches Bild von mir zurück. Ich hatte ja gar keine Wahl! Da ich weit und breit der einzige Auserwählte zu sein schien, konnte ich am Ende nur ein ebensolches Götterbild lieben! Und alles, was nicht diesem Bilde glich, verfolgte ich wie ein Götzenbild; als hätte mich ein furchtbares Schicksal dazu verdammt, mir ewig selber nach- und zugleich davonzulaufen, ewig um mich selber zu werben und mich zugleich zu verschmähen. So lebte ich in einer unglücklichen Liebe zu mir selbst, in einer verzweifelten Inzucht mit mir selber!

Wie mit meiner Geliebten erging es mir auch mit meinen Geschwistern, vor allem mit meinem Bruder Marco: Was *anders* an ihm war, erschien mir als Fehler, als Makel, den ich auszumerzen trachtete. Je ähnlicher er aber meinem Bilde wurde, um so gleichgültiger wurde er mir. Ich begann ihn schließlich dafür zu verachten, daß er mein Abziehbild geworden war. Auch lag eine stumme Anklage in seinem mir ähnlich gewordenen Gesicht, etwas Erstarrtes, Unheimliches. Er war zur lebenden Attrappe meiner selbst geworden, und vor Schreck ließ ich ihn fallen. Alle Menschen, die ich zu lieben glaubte, erstarrten mir so unter den Händen, bis ich sie wie Puppen fallen ließ. Es war, als wenn Luzifer selbst das Schöpfungswerk des Allmächtigen auf eine grausige Weise parodierte.

Da ich keine Befriedigung im Lieben fand, suchte ich Befriedigung im Surrogat: Ich wurde *ruhm*süchtig! Heute weiß ich, die Ruhmsucht ist wie jede andere Sucht für den Menschen ein Unglück. Je berühmter ich wurde, um so stärker hatte ich das Gefühl, zu essen, ohne satt zu werden, zu trinken, ohne meinen Durst zu löschen. Statt in einem erblickte ich mich nun in tausend Spiegeln, die mir das immergleiche Bild des allmächtigen Magiers reflektierten. So erzeugte ich selbst in tausendfacher Vervielfältigung jenes Trugbild, vor dem ich zugleich auf der Flucht war. Darum konnte mich auch der Ruhm nicht glücklich machen!

Sie, Herr Präsident, haben dieses Trugbild schon durchschaut, als ich selbst noch halben Herzens dran glaubte. Und Sie sind der erste Mensch, den ich hinter die Wände meines Spiegelkabinetts blicken ließ; damit es wenigstens einen Menschen auf der Welt gibt, der mich nicht bewundert und nicht verurteilt, sondern vielleicht *versteht*; die Motive versteht, die meiner legendären Zauberkarriere zugrunde liegen. Wenn die Zauberkunst letzten Endes die Kunst des Vertauschens ist, dann war ich selbst, lange bevor ich mein Bruder-Double allabendlich mit mir selber vertauschte, das bewußtlose Objekt einer furchtbaren Kette ebenso bewußtloser Vertauschungsmanöver. Ich spreche hier nicht vom Vertauschen von Requisiten, ich spreche vom *Vertauschen* und *Verwechseln* von *Gefühlen*! So hat mein Vater seinen auf mich übertragenen Ehrgeiz mit Vaterliebe verwechselt, meine Stiefmutter ihre unbefriedigten Wünsche als Frau mit Mutterliebe verwechselt, mein Bruder seine mit Neid und Eifersucht gepaarte Bewunderung für mich mit Geschwisterliebe verwechselt, meine Geliebte ihre unbarmherzige Vergötzung meiner Person mit Gattenliebe verwechselt; und ich selbst, der ich immer nur die durch Ehrgeiz, Eitelkeit, Eifersucht und Neid verzerrten Formen der Liebe erfuhr, habe mein Leben lang Selbstsucht mit Genialität, Bewunderung mit Liebe und Ruhm mit Glück verwechselt. So genieße ich heute den traurigen Ruhm, der größte Vertauschungskünstler der Welt zu sein!"

Als Alfredo Cambiani seine Erzählung beendet hatte, war es bereits tiefe Nacht. Ein langes Schweigen trat zwischen uns ein. Sein schonungsloses Selbstbekenntnis rührte und bestürzte mich und machte mich zugleich vollkommen ratlos. Was blieb mir gegenüber diesem Menschen, der seine eigene Geschichte so virtuos darzustellen und zu deuten verstand, jetzt noch zu sagen übrig? Er war zu mir gekommen, um sich – vielleicht zum ersten Mal in seinem Leben – einem Menschen wirklich mitzuteilen; und doch schien es mir, als habe er die ganze Zeit mehr zu sich selbst gesprochen. Er brauchte Hilfe – gewiß! Und doch tat er so, als ob er von keinem Hilfe erwarte und es außer ihm niemanden gäbe, von dem er noch etwas Wesentliches und Neues über sich erfahren könnte. Warum? Aus Stolz oder noch immer aus jenem kindlichen Allmachtsdenken heraus, das er gerade so erbarmungslos entlarvt hatte? Eines war jedenfalls sicher: Er wollte wirklich mit der Zauberei aufhören! Aber durfte ich ihm im Ernst dazu raten? Sollte ich ihn jetzt zu demselben Schritt ermutigen, den er seinem Vater offenbar bis heute nicht verziehen hatte? So ehrlich sein Bedürfnis auch schien, einem Beruf zu entsagen, der ihn nicht glücklich machte, war er doch mit diesem von Kind auf derart verwachsen, daß seine Selbstabdankung als Magier einer Selbstauslöschung gleich kommen würde.

„Auch Sie werden mir nicht helfen können, Herr Präsident!" sagte er schließlich, und eine steinerne Verzweiflung stand in seinen Augen. „Aber ich denke, daß Sie meinem Rückzug von der Bühne nun zustimmen werden!"

„Herr Cambiani", sagte ich und faßte ihn, wie eine Mutter ihr unglückliches Kind, an beiden Händen, „Sie wollen nicht mehr scheinen, als Sie sind. Das ist gut so! Aber Sie sollen auch nicht weniger scheinen, als Sie sind, wie dies lange Zeit das Schicksal Ihres Bruders war. Denn das eine wie das andere ist für den Menschen ein Unglück. Sie haben endlich – und das ist das Schwerste! – ihren eigenen Schein durchschaut, aber jetzt verfallen Sie ins Gegenteil: Jetzt halten Sie selbst das für Schein, was Sie *sind*: nämlich ein virtuoser Zauberkünstler und Artist, einer der besten unseres Landes!"

„Ich werde nie wieder eine Bühne betreten!" sagte Cambiani fest.

„Ich verstehe", erwiderte ich, „Sie wollen jetzt freiwillig die Kaiserloge mit dem schwarzen Kasten vertauschen. Vielleicht würde Ihr Bruder, wäre er an meiner Stelle, darüber Genugtuung empfinden. Ich aber sage ihnen: Das Zeitalter der schwarzen Magie ist endgültig vorbei. Der schwarze Kasten ist für die Toten, nicht für die Lebenden. Sie aber leben, Cambiani, und der Menschheit nützen Sie gar nichts, wenn Sie sich jetzt durch eine bußfertige Volte selbst zum Verschwinden bringen. Nein, Sie sind ein Talent und eine Berühmtheit; doch bislang war Ihr Ruhm wie ein vorzeitig auf Ihren Namen ausgestellter Wechsel, der nicht ganz gedeckt war. Sie müssen sich ihren Ruhm erst noch verdienen. Fangen Sie also von vorne an! Helfen Sie mir, aus der Zauberkunst eine wahrhaft *menschliche* Kunst zu machen; eine Kunst, die die Menschen befähigt, jene übernatürlichen Kräfte, die wir ihnen auf der Bühne vorspiegeln, in sich selbst zu entdecken! Führen Sie Ihre unsterbliche Kunst so vor, daß auch der Kleinste, der Geringste unter Ihren Brüdern das Gefühl bekommt, diese Kunst *erlernen* zu können! Nicht die Zauberkunst an sich ist des Teufels, Cambiani, sondern nur das *Monopol* auf diese Kunst, das den wenigen, die es inne haben, eine wahrhaft teuflische *Macht* verleiht; die vielen aber, welches es ausschließt, entmutigt, einschüchtert, lähmt. Zwar spenden sie uns, die wir im Lichte stehen, aus vollen Händen Beifall, wir aber, geblendet vom grellen Scheinwerferlicht, sehen ihre Gesichter kaum; sehen nicht den angstvollen, eingeschüchterten Ausdruck in ihren Mienen, hören wir doch nur auf das Klatschen ihrer Hände. Aber indem sie uns vermeintliche Wundermänner beklatschten, beklatschen sie zugleich ihre eigene Nichtigkeit, ihre eigene Ohnmacht – es ist ein Beifall, der aus dem Dunkeln, aus dem schwarzen Kasten kommt. Machen wir endlich Licht in diesem Kasten, Cambiani, holen wir unsere Brüder heraus aus der Dunkelheit und erlösen sie von ihren Ängsten! Machen wir sie zu Komplizen, zu *Teilhabern* an *unseren Wundern*, die wir ja ohne sie, ohne ihren Glauben an uns, nie vollbringen könnten; und heben wir so, indem wir das Wunder wieder in den Menschen und die menschliche Gemeinschaft zurücklegen, die einsamen und verzweifelten Wunder der Selbstbespiegelung auf! Helfen Sie mir, Cambiani! Brechen wir endlich den Bann der schwarzen Magie, die die Menschheit noch immer in zwei Klassen teilt: In die Elite der zaubernden Stars und die Mehrheit der stummen Statisten, durch die erlösende Kraft der *weißen Magie*!"

6. AUTODAFÉ DER MAGIE

Verehrter Leser! Zwar sind wir gewohnt, unser Mitgefühl zuerst (und zumeist ausschließlich) demjenigen Menschen zuzuwenden, der das offenkundige Opfer eines anderen geworden ist; aber über dieser spontanen Aufwallung unseres Mitgefühls pflegen wir die bewußtlose Mittäterschaft des Opfers ebenso zu übersehen wie die Tatsache, daß auch der Täter auf seine Weise ein Opfer ist: nämlich Opfer bestimmter *Verhältnisse*, die ihn erst dazu treiben, einen anderen Menschen zu kränken, zu erniedrigen oder seiner Identität zu berauben. Warum aber soll nur das erniedrigte und beleidigte Opfer Anspruch auf unsere Anteilnahme erheben dürfen, und nicht auch der *Täter als Opfer*?

Hat Alfredo Cambiani in der Starrolle des vergötterten Originals auf seine Weise nicht ebenso gelitten wie sein Bruder in der Statistenrolle des verachteten Doubles? Ist ein Spiegelkabinett nicht ein ebenso furchtbares Gefängnis wie ein schwarzer Kasten? Ist das Gefühl, in der unendlichen Verdopplung des eigenen Selbst sich selbst zu verlieren, nicht ebenso schlimm wie das Gefühl, in der unendlichen Kopie eines anderen Selbst sich selbst zu verlieren? Sind nicht beide Rollen entsetzlich, weil sich der *Mensch* in der einen wie der anderen gleichermaßen abhanden kommt? Der eine mußte, um als Gott zu erscheinen, all das verleugnen, was an ihm menschlich und gewöhnlich war; der andere, um als dessen Plagiat zu erscheinen, all das, was an ihm einzig und original war.

Mir jedenfalls waren die Brüder inzwischen beide ans Herz gewachsen. Beide hatten, jeder zu seiner Zeit, mir ihr Vertrauen geschenkt und ihr Unglück offenbart, wenngleich jeder noch immer blind für das Unglück des anderen war. Im Gegensatz zum großen Publikum, das die beiden Zauber-Zwillinge hinfort nur unter dem Aspekt ihrer magischen Leistung zu sehen vermochte und sich kaum darüber einig werden konnte, wer von beiden der größere Zauberer sei, sah ich beide nurmehr als unglücklich entzweite Brüder, die das einfachste und naheliegendste Kunststück aus eigener Kraft nicht mehr zuwege brachten: nämlich sich wie Brüder zu *verhalten*. Und so nahm ich mir denn vor, die beiden Cambianis, die für mich zum Paradigma jener mörderischen Konkurrenz geworden waren, die alle Verkehrsformen in unserer Gesellschaft bestimmt, miteinander auszusöhnen; ja, mehr als dies: beide schließlich dahin zu bringen, durch einen gemeinsamen Auftritt der Welt ein ebenso rührendes wie grandioses Zeichen wahrer, durch die Kunst versöhnter Bruderliebe zu liefern; ein Geschichtszeichen sozusagen, das den Anbruch einer neuen Epoche signalisieren sollte, in der die entsetzliche Erbschaft von Kain und Abel aus den menschlichen Beziehungen endlich getilgt ist.

Im Hinblick auf den unglücklichen Ausgang dieser Geschichte frage ich mich heute allerdings nach meinen eigenen Fehleinschätzungen und Versäumnissen. Schließlich war ich aufgrund der mir von beiden Brüdern zugewiesenen Vertrauensrolle der einzige, der in ihre Verstrickung wirksam eingreifen konnte. Hätte ich an einem bestimmten Punkt dieser Geschichte die Weichen anders stellen müssen, um ihren fatalen Selbstlauf zu verhindern? Hätte ich nach den Bekenntnissen Alfredo Cambianis nicht auch meine (und des ganzen Zirkels) Mitverantwortung für die monströsen Folgen seines „Falls" zur Sprache bringen müssen, statt ihn mit dem quälenden Gefühl allein zu lassen, eine unteilbare Schuld auf sich geladen zu haben? Hätte ich überhaupt konkreter auf ihn und seine Geschichte eingehen sollen, statt ihn gleich vor den Wagen meiner eigenen Idee, meiner höchstpersönlichen Utopie zu spannen, aus der Zauberkunst wieder eine Kunst *für* den Menschen zu machen? Vielleicht habe ich seine Möglichkeiten und Kräfte auf diesem neuen Wege ebenso überschätzt, wie ich seine akute Gefährdung unterschätzt habe. Vielleicht war meine Forderung an ihn, dieser humanen Idee zuliebe die eigene Person sozusagen über Nacht umzukrempeln, eine Überforderung. Denn was ist eine solche Idee am Ende noch wert, wenn der Mensch, der sie vorschnell verwirklichen will, sich dabei selber zerstört? Und bin ich nicht auch in bezug auf Marco Cambiani einem Wunschdenken verfallen? Auch der „Zauberer von Menschen Gnaden" war zuletzt nicht Mensch genug, um sich schützend vor seinen eigenen Bruder zu stellen.

Ich will Ihnen, verehrter Leser, die Aufzählung der vielen vergeblichen Bemühungen hier ersparen, die ich auf mich nahm, um zwischen den beiden feindlichen Brüdern den ersten dünnen Versöhnungsfaden zu knüpfen. Denn die Widerstände, die dieser Versöhnung entgegenstanden, waren schier unüberwindlich.

Was Cambiani den Älteren betrifft, so schien ihm die Aussöhnung mit seinem Bruder zwar sehr am Herzen zu liegen, erging er sich doch, immer wenn ich ihn besuchte, in den bittersten Selbstvorwürfen wegen der anmaßenden Rolle, die er solange gespielt, und der demütigenden Rolle, die er ihm all die Jahre zugemutet hatte. Aber sonderbar! Immer wenn ich Anstalten machte, ihm das Schicksal seines Bruders genauer zu schildern, unterbrach er mich brüsk: „Ich weiß, ich weiß! Ich habe meinen Bruder schwer gekränkt!" Sagte ich hierauf, daß diese Kränkung ja auch wiedergutzumachen sei, gab er immer die selbe trotzige Antwort: „Es gibt Dinge, die nicht wiedergutzumachen sind!" Und damit war das Thema „Marco" jedes Mal beendet!

War seine rabiate Selbstanklage vielleicht nur der letzte Winkelzug seines Stolzes, um nicht den ersten Schritt zur Aussöhnung machen zu müssen? War seine fatalistische und übertriebene Behauptung, an seinem Bruder nichts mehr gut machen zu können, vielleicht nur eine zerknirschte Ausrede für sein Nicht-Mehr-Gut-Machen-Wollen? Die Kränkung, die Marco ihm seinerzeit zugefügt hatte, als er von einem Tag auf den anderen seine Rolle als Double aufkündigte, schien zuletzt doch schwerer zu wiegen als seine Gewissensbisse darüber, ihm diese Rolle überhaupt zugemutet zu haben. Zwar hatte sich Alfredo die Abstinenz von der Bühne als freiwillige Buße selbst auferlegt; aber daß derweilen sein kleiner Bruder, gleichsam ihm zum Hohne, mit einer eigenen Zaubershow durch die Lande zog und nun die Lorbeeren erntete, die einst sein Haupt umkränzten, das wurmte ihn doch, auch wenn er es vor mir nie zugegeben hätte. Zwar hatte er sich selbst in einem Akt erbarmungsloser Selbstentäußerung die Zaubermaske vom Gesicht gerissen; aber ich glaube, er hätte es bei seinem Charakter keinem anderen Menschen gestattet – selbst seinem eigenen Bruder nicht, der doch am meisten dazu berechtigt gewesen wäre! – seine Geheimnisse zu enthüllen! Nein! Er selbst mußte das Subjekt seiner eigenen Demaskierung sein und bleiben, die er gerade vor mir mit einer regelrechten Wollust betrieb. Bald beschlich mich jedenfalls das Gefühl, daß seine unerbittliche Selbstanklage nur die Fortsetzung seiner ehemaligen Selbstliebe in *negativer* Form war; als sei er nun in das Bild seiner Schlechtigkeit und Zerknirschtheit ebenso verliebt wie vordem in das Bild seiner Übergröße und Genialität. Er war auf dem besten Wege, sich ein neues Spiegelkabinett zu erbauen, das ihm sein Bild nun in den schwärzesten Farben reflektierte. Erst als ich ihn auf diese Gefahr hin ansprach, stellte er seine schon zum Ritual gewordenen Klagegesänge allmählich ein. Eines Tages schließlich bat er mich, mit seinem Bruder einen Termin für eine Aussprache zu vereinbaren, falls dieser es wolle. Es hing also jetzt alles nur noch von Marco ab.

Cambiani der Jüngere lehnte zunächst jede Begegnung, Aussprache oder gar Versöhnung mit seinem Bruder kategorisch ab. Vergeblich suchte ich ihm klarzumachen, daß auch Alfredo sich inzwischen geändert habe, daß er in einer tiefen Krise stecke und sich bittere Vorwürfe mache wegen der unglücklichen Statistenrolle, die er ihm so lange aufgebürdet habe. Aber Marco wollte von den „Wandlungen" seines Bruders nichts wissen. Er sprach ihm die Fähigkeit, sich in ein anderes Leid als das seine einzufühlen, rundherum ab und hielt seine Reuebekundungen für bloße Maskerade, ja, für einen neuen, noch gefährlicheren Trick, um ihn zu ködern und zuletzt im Namen der Bruderliebe wieder in den schwarzen Kasten zu stecken. Er aber werde sich hüten, dem Teufel auch nur den kleinen Finger zu reichen. Kurzum: Marcos Bild von seinem „bösen Bruder" war durch nichts zu erschüttern; es war ein erstarrtes, totes Bild geworden! Ich glaube, dies war seine Art, sich an seinem Bruder zu rächen. Denn kann es eine größere Strafe für einen Menschen geben, als wenn sein Veränderungswille, sein Versuch, eine alte, inhumane Rolle abzulegen, gerade von demjenigen ignoriert wird, der unter ihr gelitten hat? Er kann sich noch so sehr mühen, ein anderer, ein neuer Mensch zu werden – was nützt es ihm, wenn er nicht auch *neu* gesehen wird? Marco strafte seinen Bruder, indem er sich ihm hartnäckig entzog und ihm keine Möglichkeit bot, sich von seinen drückenden Schuldgefühlen zu entlasten. Allen von mir mühsam arrangierten Begegnungen mit Alfredo ging er aus dem Wege. Schließlich gab ich ihm zu bedenken, daß er mit seinem Bruder eigentlich etwas ganz Ähnliches tue, wie dieser seinerzeit mit ihm getan hatte: nämlich ihn in den „schwarzen Kasten" einer alten Vorstellung, eines längst erstarrten Bildes zu bannen, das mit dem lebenden Original schon lange nicht mehr übereinstimme. Dieser Vergleich stimmte ihn sehr nachdenklich. Einige Tage später teilte er mir im Tone schlecht gespielter Beiläufigkeit mit, daß er einer Begegnung mit seinem Bruder nicht länger ausweichen würde.

Ich beeilte mich also, Ort und Zeit für die längst fällige Aussprache festzusetzen. Für einen Samstagabend bestellte ich beide in mein Haus. Kurz vor zwanzig Uhr rief Alfredo Cambiani an und klagte über einen akuten Schwindelanfall, der ihm derart zu schaffen mache, daß er unmöglich außer Haus gehen könne. Zwei Minuten später rief sein Bruder bei mir an und versicherte mit ersterbender Stimme, daß ein jäher Asthmaanfall ihm das Sprechen völlig unmöglich mache. Wir verabredeten also einen neuen Termin, zu dem zwar Marco erschien, nicht aber Alfredo. Beim dritten Termin dagegen erschien Alfredo, nicht aber Marco. So ging das wochen- und monatelang hin und her – ein wahrhaft groteskes Schauspiel, kann ich Ihnen sagen! Und ich war schon kurz davor, dieses sisyphale Versöhnungswerk abzubrechen und beide Brüder ihrem gekränkten Starrsinn zu überlassen, als mir in letzter Minute ein glücklicher Umstand zu Hilfe kam.

Die Manager der beiden Cambianis hatten nämlich inzwischen Kontakt miteinander aufgenommen, um über die Möglichkeit und die Modalitäten einer Doppelvorstellung zu verhandeln. Beide Geschäftsleute waren sich darin einig, daß die anvisierte Doppelpremiere der beiden größten Zauberstars im Lande eine nicht zu überbietende Sensation darstellen würde, die zum Kassenschlager des Jahrhunderts zu werden versprach; war doch Cambiani senior, der „Gründgens der Zauberkunst" (wie ihn ein einflußreicher Kritiker einmal genannt hatte), noch immer der Abgott des gehobenen Publikums, das sein „come-back" sehnsüchtig erwartete, während Cambiani junior, der „Buster Keaton der Zauberkunst" (wie ihn die Boulevardblätter betitelten), inzwischen der Liebling des Vorstadtpublikums geworden war. Auf eine vage Zusage beider Brüder hin hatten die Manager, clever wie sie waren, die entsprechenden Werbekampagnen eines Tages einfach anlaufen lassen. Ich selbst in meiner Eigenschaft als Präsident des Magischen Zirkels hatte ihnen dazu das Plazet erteilt. Wenn schon die beiden zaubernden Brüder zu einer Begegnung im Kleinen nicht zu bewegen sind, so dachte ich, dann muß man sie zu ihrem Glück eben zwingen und die Bühne selbst zum Schauplatz einer öffentlichen Begegnung machen, der sie dann nicht mehr ausweichen konnten, ohne sich unsterblich zu blamieren.

Sie können sich, verehrter Leser, das Erschrecken unserer delikaten Brüder wohl vorstellen, als sie eines Tages über Rundfunk und Fernsehen davon in Kenntnis gesetzt wurden, daß ihre seit langem anvisierte Doppelpremiere am kommenden Sonntag um zwanzig Uhr im Olympia-Theater nun endlich steigen werde. Angesichts dieses öffentlich angesetzten Lokaltermins zu dem selbstredend die gesamte magische Fachwelt des In- und Auslandes anreisen würde, wurden beide Brüder von einer Panik ergriffen, die im einzelnen zu beschreiben eine Komödie für sich bilden würde. Natürlich wehrten sie sich mit Händen und Füßen gegen die ihnen so plötzlich verordnete Doppelvorstellung; aber es war bereits zu spät: Die Presse lief auf vollen Touren, der Vorverkauf war nicht mehr zu bremsen, und die Premiere schon am nächsten Tag vollständig ausverkauft. Angesichts dieser Tatsachen und der im Falle ihres Rücktritts drohenden Konventionalstrafe gaben sie schließlich klein bei und versprachen zerknirscht, in der kurzen Zeitspanne, die ihnen bis zur Premiere noch blieb, eine Art „Notprogramm" auf die Beine zu stellen, das aber jeder unabhängig vom anderen vorführen werde.

Ich kann Ihnen gar nicht sagen, mit welcher Spannung diese Premiere im ganzen Lande erwartet wurde. Denn hierbei würden nicht nur die Exponenten zweier völlig konträrer Richtungen innerhalb der Zauberkunst, sondern auch die Protagonisten eines wahrhaft biblischen Bruderkonfliktes aufeinander treffen, der längst auch die Boulevardpresse beschäftigte. Die Vorstellung, daß die beiden Bruder-Rivalen sich womöglich mit den zauberhaften Mitteln ihrer Kunst auf offener Bühne bekriegen, sich wechselweise hypnotisieren, verhexen, zersägen, zerhacken oder wenigstens von der Bühne zaubern würden, trieb die Neugier und Sensationslust des breiten Publikums auf den Siedepunkt. Hinzu kam, daß Cambiani senior zwei Tage vor der Doppelpremiere über Rundfunk und Fernsehen hatte verkünden lassen, daß er anläßlich seines „come-backs" ein Kunststück präsentieren wolle, wie es die Welt noch nie gesehen habe; ein Kunststück, dem er den rätselhaften Beinamen „Autodafé der Magie" gab. Mir schwante gleich nichts Gutes, als ich von dieser pompösen Ankündigung hörte, die zwar geeignet war, regelrechte Straßenschlachten um die Karten für die letzten Stehplätze zu entfesseln, bei seinem zaubernden Partner indessen das alte „Kastentrauma" wiederbeleben mußte. Und schon war das Unglück passiert: Am Tage der Premiere ließ Marco Cambiani mir durch seinen Hausarzt mitteilen, daß ein akuter Asthmaanfall ihn völlig außerstande setze, am Abend aufzutreten. Zur großen Enttäuschung des Publikums wurde die Premiere also in letzter Minute abgesagt; angeblich wegen einer plötzlich aufgetretenen Panne im Apparat der Bühnentechnik, wie die beiden Manager durch die Presse verlautbaren ließen. Eine Woche später, am Tage der verschobenen Premiere, eröffnete mir der Hausarzt Alfredo Cambianis, daß sein Klient an akuten Schwindel- und Übelkeitsgefühlen leide, die es ihm leider unmöglich machten, sein als „Autodafé der Magie" angekündigtes Kunststück am Abend vorzuführen. Wieder wurde die Premiere um eine Woche verschoben – diesmal unter dem Vorwand eines rätselhaften, an Sabotage grenzenden Ausfalls der Beleuchtungstechnik – und das wutentbrannte Publikum, das die Theaterdirektion mit den schlimmsten Flüchen bedachte, wurde nach Hause geschickt. – Auch meine Geduld war jetzt zu Ende. Ich knöpfte mir jeden Bruder einzeln vor und blies ihnen den Marsch. Was sie sich eigentlich einbilden würden! Ob ihre Kunst vornehmlich darin bestünde, ihr Publikum zum Narren zu halten! Ob sie sich etwa vorgenommen hätten, ihre verkrachte Beziehung auch noch auf dem Rücken der Zuschauer auszutragen usw. usf. Ich verließ beide nicht eher, bis jeder mir einen Eid darauf geleistet hatte, der zum letzten Mal verschobenen Doppelpremiere nicht mehr auszuweichen.

Als sich am folgenden Sonntag abend endlich der schwere Brokatvorhang im Olympia-Theater hob, standen sich zum ersten Mal nach so langer Zeit die Gebrüder Cambiani in Frack und Zylinder im vollsten Scheinwerferlicht gegenüber. Beide blickten sich staunend, ja, fassungslos an: Das Original erkannte sein ehemaliges Double und dieses sein ehemaliges Vorbild nicht wieder. Mindestens eine Minute lang starrten sich beide Brüder in einer seltsamen Mischung aus Mißtrauen und Verwunderung an, während das Publikum diese gleichsam historische Begegnung mit angehaltenem Atem zu verfolgen schien. Mit einer unsicheren Geste bezeichnete Alfredo seinem Bruder, daß er ihm den Vortritt lasse; doch dieser, schüchtern wie er war, trat einen Schritt zurück statt vor. Um ihn nicht in den Hintergrund zu drängen, trat Alfredo nun ebenfalls einen Schritt zurück, dann machten beide gleichzeitig einen Schritt nach vorn und wieder einen Schritt zurück; keiner wollte der erste sein – ein rührend-komisches Spiel sich wechselseitig überbietender Rücksichtnahme! Schließlich entschlossen sich beide, im Gleichschritt an die Rampe zu gehen. Als sie ihren Blick ins Publikum richteten, schirmte Alfredo seine Augen, auf die das volle Scheinwerferlicht fiel, unwillkürlich mit den Händen ab. „Mir wird ganz schwarz vor Augen. Ich kann nichts sehen!" flüsterte er seinem Bruder zu. „Ich auch nicht!" murmelte dieser.

Von Beruf Gedankenleser und nicht Schriftsteller kann ich Ihnen, verehrter Leser, die immer länger werdenden Gesichter beider Brüder kaum beschreiben, als sie statt einer tosenden Menschenmenge nur auf leere und schweigende Stuhlreihen blickten. Auch diese historische Begegnung auf den leeren Brettern eines leer gefegten Hauses hatte indessen *einen* Augenzeugen. Dieser saß, von der Bühne aus nicht sichtbar, auf dem äußersten Sitz der letzten Reihe. Dieser Zeuge war ich!

Als erster fand Marco die Sprache wieder: „Du siehst, Alfredo, diesmal hat das Publikum gezaubert – und zwar gründlich! So möge es künftig allen ergehen, die weißgott was für Wunder vollbringen wollen und doch zu der einfachsten, menschlichen Regung nicht fähig sind: zur Brüderlichkeit!"

Alfredo stand noch immer an der Rampe und blickte entgeistert in den leeren, düsteren Saal, in dem nur die roten Lämpchen über den Notausgängen brannten. „Zwar habe ich auch früher", sagte er stockend, „mein Publikum nie recht wahrgenommen, weil ich vom Scheinwerferlicht so geblendet war; aber daß es nun *wirklich* nicht mehr da ist, das ist mir in meinem ganzen Leben noch nie vorgekommen. Schade!

Dabei sollte mein ‚come-back‘ meine Abschiedsvorstellung sein!"

„Warum denn Deine Abschieds-Vorstellung? Ist dieser Abend nicht vielmehr *unser* Beginn?" fragte Marco zurück.

„Ich meine, unser Neubeginn als *Brüder*? Seien wir doch dem Publikum dankbar, daß es uns endlich mit uns alleine läßt!" Und er nahm seinen Zylinder ab, knöpfte sich in aller Ruhe seinen Frack und seine Frackweste auf, zog beide aus und legte das ganze Bündel nebst Zauberstab und Zylinder auf den vor ihm stehenden Tisch. „Erinnerst du dich noch: ‚Der eine hat's und der andere hat's nicht!' Dieses Wort, das nicht zuerst aus deinem Munde kam, war *das* Zauberwort, das uns von Kind auf verhext hat; die magische Formel, die dich in das Spiegelkabinett und mich in den schwarzen Kasten gebannt hat. Nun – du hast deine Spiegel zerbrochen und ich bin dem schwarzen Kasten entkommen. Wir beide wurden erlöst! Und doch kann es keine wahre Erlösung geben ohne Verzeihen . . ." Und plötzlich, ohne daß einer sichtbar den Anstoß dazu gegeben hätte, lagen sich beide Brüder in den Armen, eine lautlos schüchterne, dann immer heftigere Umarmung – die erste seit über zwanzig Jahren!

Ja, verehrter Leser, die *wahren* Wunder, nach denen das Publikum sich eigentlich sehnt und für die es doch zumeist keine Augen hat, pflegen im Verborgenen zu geschehen, in der kleinsten menschlichen Parzelle, wo von Auge zu Auge die unverfälschten, die wahren Bilder entstehen! – So jedenfalls dachte ich damals; etwas voreilig, wie sich zuletzt herausstellen sollte.

„Jetzt, Bruder", sagte Alfredo weich, „ist es an dir zu sprechen und an mir zuzuhören. Erzähle mir also, wie du dem schwarzen Kasten entronnen bist!" Und nun begann Marco seinem Bruder jene Geschichte zu erzählen, die Sie, verehrter Leser, bereits kennen. Da aber beide so vertieft waren, Marco ins Reden und Alfredo ins Zuhören, bemerkten sie nicht, daß sie auf der Suche nach einer Sitzgelegenheit sich schließlich *auf* jenem schwarzen Kasten niedergelassen hatten, der neben

Alfredos Zaubertisch im Schatten des Scheinwerfers stand und *in* dem Marco so lange gelegen hatte. Alfredo unterbrach die Erzählung seines Bruders nicht ein einziges Mal. Nur hin und wieder ließ ein Seufzer seine tiefe Betroffenheit ahnen; um so mehr, als hier zum ersten Mal nicht das Bruder-Double, sondern das Original zu ihm sprach – denn das Leiden ist immer original!

Als Marco seine Geschichte beendet hatte, fing es draußen schon zu dämmern an. Die Morgensonne warf ihre ersten Strahlen durch ein Seitenfenster auf die Bühne – just auf den Sarg, auf dem beide Brüder saßen. Mit einem Schrei, als hätte ihn eine Schlange gebissen, sprang Marco plötzlich auf und starrte entsetzt auf den schwarzen Kasten.

„Warum hast du dieses verdammte Ding mitgebracht?" schrie er seinen Bruder an, der ebenfalls aufgesprungen war.

„Mein Gott!" stammelte dieser, „Die ganze Nacht haben wir darauf wie auf einer Parkbank gesessen und es nicht bemerkt!" Marco machte einen großen Bogen um den Sarg und sah seinen Bruder mißtrauisch an: „Sag' bloß, du wolltest mich . . ."

„Nein! Um Gottes willen, nein!" fiel ihm Alfredo ins Wort, „Ich bitte dich, Marco, beruhige Dich! Ich habe diesen Kasten nur deshalb mitgebracht, um mich selbst und alle meine Tricks, einschließlich mein Erscheinungswunder, auf dieser Bühne zu entlarven und dem Publikum seinen falschen Glauben an mich wie einen faulen Zahn auszureißen. Schau!" Und nun ging er zu seinem Zaubertisch, auf dem nur ein paar kärgliche Requisiten lagen: „Das jämmerliche Inventar meiner halbseidenen Kunst, mit dem ich all die Jahre mein Publikum gebluff habe. Aber just, wenn die großen Wunderwerke entlarvt werden, ist niemand zur Stelle!"

„Was heißt hier halbseiden?" suchte Marco, der sich wieder beruhigt hatte, nun seinen Bruder zu beschwichtigen. „Deine, meine, unsere Kunst besteht doch nicht nur aus Bluff. Sie hat auch etwas mit *Können* zu tun, mit Fingerfertigkeit, Geschicklichkeit, Eleganz, kurzum: mit Virtuosität! Und das ist die *wahre* Seite unserer Kunst, die das Publikum nicht nur achtet und respektiert, sondern die ihm auch Freude bereitet! ...Und was den Kasten da betrifft", setzte er hinzu, während er mit dem Fingerknöchel gegen das Holz klopfte, „zuletzt hat auch er sein Gutes gehabt! Wäre ich nicht da drinnen gelegen, hätte ich niemals zaubern gelernt. So betrachtet ...“

„Nein! Nein! Nein! Bruder! Mein Entschluß steht fest!“

Wieder hatte Alfredo Cambiani sein gefährliches Flackern in den Augen und mit sich überschlagender Stimme schrie er in den leeren, dunklen Saal: „Ich will reinen Tisch machen! Tabula rasa! Verstehst du mich! Das Übel mit der Wurzel ausrotten!... Wenn das Publikum nicht mehr zu mir kommt, dann muß ich eben zu ihm gehen!“ Und noch ehe Marco recht begriff, was sein Bruder vorhatte, steckte dieser hastig die Requisiten in seine Fracktasche, klappte den schwarzen Kasten zusammen, klemmte ihn unter den Arm, sprang mit einem Satz von der Bühne und ging mit Riesenschritten zum Notausgang. Auf der Türschwelle drehte er sich noch einmal um und rief: „Komm mit, Marco! Ich brauche dich. Du warst doch mein wichtigstes Requisit, der Kronzeuge meiner widerwärtigen Kunst!“ Dann war er verschwunden.

Marco ließ alles stehen und liegen und jagte seinem Bruder hinterher. Ich folgte ihm. Vergeblich suchte ich ihm auf den Fersen zu bleiben; bald hatte ich ihn im Morgennebel aus den Augen verloren und irrte in tiefer Sorge um das Schicksal des Älteren durch das Stadtzentrum. Mit Mühe bahnte ich mir einen Weg durch das eilige Gedränge der Geschäftsleute, Lieferanten, Straßenhändler und Hausfrauen. Die meisten steuerten auf den Marktplatz zu, der am Ende der verkehrsfreien Passage begann. Von dort drang ein Gegröle, Gejohle und Gepfeife wie von einem wild gewordenen Volkshaufen an mein Ohr. Als ich mit bangen Vorahnungen schließlich die Mündung der Passage erreichte, wo sonst Stadtstreicher, Pflastermaler, Straßenmusikanten und Schausteller der verschiedensten Art die Passanten um sich scharen, sah ich zu meinem Schrecken Alfredo Cambiani, von einer großen

Menschenmenge umringt, auf dem schwarzen Kasten stehen, der ihm als Podest diente. Mit hochgerissenen Armen und einer Stimme, die selbst einem Marktschreier das Grausen beigebracht hätte, schrie er in die Menge: „Wer hat noch nicht, wer will noch mal! Mit zwei Augen und Ohren seid ihr dabei! Kommt näher, Leute! Noch näher! Auf daß ihr euren Kindern und Kindeskindern später sagen könnt: Wir sind dabei gewesen! Wir haben sie miterlebt: Die letzte große Vorstellung des Wundermannes Alfredo Cambiani . . . Nur keine Bange! Ihr sollt euer blaues Wunder schon erleben! Der Eintritt ist frei. Denn die Wahrheit kostet nichts!"

Die johlende Menge war plötzlich mucksmäuschenstill geworden. Verstört und in banger Erwartung blickte alles auf diesen aufgewühlten Mann mit den flackernden Augen, der allen bekannt war und den doch keiner jemals so gesehen hatte. „Hier steht er: Der größte, der einzig wahre Zauberer dieses Jahrhunderts, den ihr wie einen Gott verehrt habt und den ihr jetzt bespucken dürft!" Dabei brach er in ein gellendes Gelächter aus, das mir in alle Glieder fuhr. „Aber erst müßt ihr meine Beichte anhören! Dieser schwarze Kasten: Mein Beichtstuhl! Ihr alle: Meine Beichtväter! Absolution wird nicht erteilt! Hört also: Ich, Alfredo Cambiani, Zauberer von Luzifers Gnaden – habe euch mit diesem Zauberstab jahrelang an der Nase herumgeführt, habe euch gebluefft mit meinen trickreichen Künsten, und ihr habt es in eurer abgrundtiefen Dummheit nicht bemerkt! Aber ihr sollt getröstet werden, ihr Hammel von Gottes Gnaden! Denn ab sofort gebe ich meine magische Schatzkammer zur Plünderung frei. Hokuspokus fidibus. Nun ist Schluß!" Und mit einem Ruck zerbrach er seinen Zauberstab, den er einst wie sein Vater an den Fingern hatte schweben lassen, und warf die Stücke hohnlachend aufs Pflaster.

„Wo bleibt der Beifall! Ihr applaudiert doch sonst jedem Esel! Das Kunststück gefällt euch wohl nicht?! Gut, ich mache eine Zugabe. Seht: Die magische Verwandlung meines Zauberhuts in einen Fußabtreter!" Und er riß sich den Zylinder, aus dem er so viele Kaninchen, Tauben und Blumensträuße hervorgezaubert hatte, vom Kopf, zertrampelte ihn mit den Füßen, bis er platt wie ein Fußabtreter war, und schleuderte ihn in die Menge.

„Wie? Noch immer kein Beifall? Also gut: Noch eine Zugabe! Mein berühmtes Ringspiel!" Und im gleichen Augenblick zog er zwei einzelne Ringe aus seiner Fracktasche, schlug sie ineinander und bog dann den geschlitzten Ring an der Nahtstelle so weit auseinander, bis jedermann sah, daß auch dieses wunderbare Stück Metall Anfang und Ende hatte. „Durchdringung der Materie! Hahahahaha! Es ist freilich kein Kunststück, eure leeren Hirnschalen mit ein paar wohlgesetzten Worten zu durchdringen!" Dann warf er das traurige Stück Metall unter die Leute. „Und jetzt zeige ich euch, was es mit meinem berühmten Ballwunder auf sich hat. Ihr alle kennt es!" Blitzschnell ließ er die rote Doppelhalbschale zwischen Daumen und Zeigefinger erscheinen, klappte sie vor aller Augen auf und holte die rote Kugel heraus. „Da seht ihr, so einfach ist das! Und mit diesem simplen Trick habe ich einen ganzen Kosmos voll Bällen erzeugt und in Bewegung gehalten!‚Aufhebung der Schwerkraft'. Hahahaha! Ja, wenn man so wenig Grütze im Kopf hat wie ihr, ist es freilich ein Kinderspiel, euch glauben zu machen, ich könne die Schwerkraft aufheben!" Und unter entsetzlichem Gelächter warf er die Halbschale aufs Pflaster, wo sie in tausend Stücke zerbarst.

„Wo bleibt der Applaus? Gefallen euch meine Tricks nicht mehr? Die Wahrheit wollt Ihr nicht sehen, wie? Denn sie ist so *hohl* wie diese Halbschale und so *kaputt* wie dieser Ring. Ihr aber braucht einen, der all das, was kaputt ist, wieder *heil* und *ganz* zaubert! Einen, der euch ein Heil vorspiegelt, das euch eure eigene Kaputtheit vergessen läßt! Einen Wundermann, der euch über eure eigene Ohnmacht und Winzigkeit hinwegtröstet! Einen Esel wie mich, der sich den Atlasberg eurer maßlosen und eitlen Wünsche auf die Schultern lädt. Einen Vollidioten wie mich, der eure Kitschträume von

Größe und Allmacht über die Rampe bringt! Einen unglücklichen Menschen wie mich, der für euch und euren verfluchten Ehrgeiz den Übermenschen markiert! Schämt ihr euch eigentlich nicht, einen Menschen so auf den Sockel zu setzen, daß er nur noch den Verstand verlieren kann? Wahrlich: Ihr schreckt vor nichts zurück, wenn ihr einmal entschlossen seid, einen Menschen in euren eingebildeten Götterhimmel zu heben! Ihr seid bereit – allzeit bereit! – eurer sklavischen Verehrungssucht jedes Opfer zu bringen. Den letzten Rest von Stolz gebt ihr dahin für die entsetzliche Wollust, vor dem, den ihr einmal erwählt habt, auf dem Bauche zu kriechen, ihr Reptilien in Menschengestalt! Pfui Teufel! Noch jetzt wird mir kotzübel, wenn ich an die Salve von Heil-Rufen denke, mit denen ihr mich in der Kaiserloge empfangen habt: Heil Cambiani! Heil! Heil! Heil! Dem größten, dem einzig wahren Zauberer dieses Jahrhunderts! . . . Und wofür? Für ein Jahrmarktswunder, das auf dem billigsten Trick dieses Jahrhunderts beruht! . . . Warum schweigt ihr? Warum sagt ihr nichts? Habt ihr keine Zunge mehr? Hat es euch die Sprache verschlagen? . . . Ah, ich verstehe! Jetzt wollt ihr es plötzlich nicht mehr gewesen sein. Jetzt will keiner mehr dabei gewesen sein. Jetzt hat keiner mehr ‚Heil‘ geschrien! Und ich, ich habe mir alles nur eingebildet! Eine Sinnestäuschung, wie? Eine fixe Idee von mir? Ich bin also verrückt! Komplett verrückt! Ich leide am Größenwahn, mit dem ihr nichts, rein gar nichts zu tun habt, wie? . . . So sagt doch endlich etwas! Ihr Feiglinge! Seht ihr jetzt, wie feige ihr seid? Man kann euch beschimpfen, bespucken, mit Füßen treten – ihr laßt es euch gefallen! Im Grunde gehört ihr alle, wie ihr da seid, in den schwarzen Kasten. Denn ihr seid ja längst gestorben, lebende Leichen! Stein eure Zungen, Stein eure Augen, Stein eure Herzen! . . . Kein Wunder, daß ich euch verachtet habe! Wie soll man euch auch achten können? Jeder Hund hat ja mehr Stolz im Leibe, jeder Wurm mehr Charakter als ihr! Wäre auch nur ein *einziger* unter euch gewesen, der die Hand gegen mich aufgehoben oder mich vor versammeltem Publikum

ausgelacht hätte, ich wäre wie ein Kartenhaus zusammenge-
klappt und mein Bann wäre auf ewig gebrochen gewesen.
Aber nein! Da braucht nur einer ein bißchen Hokuspokus
machen und sich als großer Mann aufspielen, als Wundermann, und schon beugt Ihr den Nacken! . . .

Natürlich habe ich ein bißchen mit der Bibel, den Wundertaten des Herrn Jesus und der ‚Vorsehung‘ kokettiert. Das
gehört nun mal zu meinem Job! Aber konnte ich ahnen, daß
ihr diese Wortspielchen gleich für bare Münze nehmt?
Konnte ich ahnen, daß ihr aus jedem Trick von mir gleich ein
Wunder, aus jedem Wort von mir gleich ein Evangelium, aus
jedem Furz von mir gleich ein Mysterium macht? . . . ‚Aufhebung der Schwerkraft‘, ‚Durchdringung der Materie‘, ‚Überwindung von Raum und Zeit‘! Und zu all dem soll mich die
‚Vorsehung‘ befugt und auserwählt haben?! . . . Soll ich euch
sagen, worin meine ‚Vorsehung‘ bestand: Aus einer Halbschale, einem geschlitzten Ring und – nun höret und staunet:
– Aus meinem eigenen Bruder! Mein Bruder ist für mich in
diesen schwarzen Kasten gestiegen, der natürlich einen doppelten Boden hat!“

Und nun sprang er von dem schwarzen Kasten, öffnete den
Deckel und klappte, für jedermann sichtbar, die doppelte
Wand auf. „Mein eigener Bruder hat sich für mich Abend für
Abend da hineingelegt, damit ich euch als Wundermann, der
Raum und Zeit überwindet, in der Kaiserloge erscheinen
konnte. Jawohl! Ich habe – und dies war mein bester Trick!
– ein *lebendes* Double benutzt, ein Fleisch gewordenes Abziehbild meiner selbst! Wollt ihr es sehen? Marco! Wo bist
du? . . . Zeig’ Dich diesen abergläubischen Affen, damit ihnen
endlich die Schuppen von den Augen fallen! . . . Marco! So
zeig’ dich doch endlich!“

Zögernd trat Marco aus der noch immer schweigenden
Menge hervor. Er war kalkweiß und zitterte. Mehrmals wan-
derten die gespannten Blicke der verstörten Zuschauer zwischen beiden Brüdern hin und her, bis einer, auf Marco zei-
gend, endlich rief: „Wie! Der soll Cambianis Doppelgänger

sein?" Und ein Zweiter: „Die beiden kann man unmöglich miteinander verwechseln!" Und ein Dritter: „Zwischen denen ist doch ein Unterschied wie zwischen Tag und Nacht!" – „Ich will euch mal was sagen, Leute!" rief jetzt ein Vierter, indem er grinsend auf Alfredo deutete, „der da, der sich für Cambiani ausgibt, ist nämlich selbst ein Doppelgänger! Ein Betrüger! Ein Hochstapler!" – „Oder ein Verrückter, ein Größenwahnsinniger, der sich für Cambiani hält!" setzte prompt ein Fünfter hinzu. – „So ist es! Denn der wahre Cambiani, Cambiani – der Wundermann, sieht ganz anders aus! Wir haben ihn oft gesehen!"

„Aber ich bin der *wahre* Cambiani!" schrie Alfredo entsetzt auf. „Mein Bruder kann es bezeugen!" Er blickte Marco hilfesuchend an. Dieser stand mit aufgerissenem Munde da, er wollte etwas sagen, aber er brachte keinen Ton heraus.

„Na, was ist? Schweigt wie ein Stockfisch, dein angeblicher Bruder!" – „Das nächste Mal mußt du ihn besser schmieren – deinen Kronzeugen, damit er auch spurt!" – Ein Hohngelächter ging durch die Menge, die ihrem Spott nunmehr freien Lauf ließ.

Nicht lange, und die Marktweiber und Gemüsehändler wandten sich wieder ihren Verkaufsständen, die Kunden ihren Besorgungen zu; und sie hätten von dem „verrückten Doppelgänger", der noch immer wie versteinert neben dem schwarzen Kasten stand, wohl kaum mehr Notiz genommen, wenn nicht ein paar Gassenjungen ihn zur Zielscheibe ihrer bösen Streiche gemacht hätten: Auf einmal nämlich flogen Eier und Tomaten auf Alfredo, von denen einige, zum größten Gaudi der Jungen, ihn am Kopf trafen. Alfredo aber schützte sein Gesicht weder mit den Händen, noch ging er sonstwie in Deckung; aufrecht stand er in dem immer dichter werdenden Hagel von Wurfgeschossen. Fast schien es, als ob er sie gar nicht mehr bemerkte und keinen Schmerz spürte; nur aus seinen Augen, die fest auf Marco gerichtet waren, sprach ein unsagbarer Schmerz und eine grenzenlose Verwunderung: Denn dieser stand, obwohl nur zwei Meter von seinem bedrängten Bruder entfernt, noch immer wie erstarrt, von einer unerklärlichen Lähmung befallen, und rührte sich nicht.

In diesem Augenblick schritten zwei Polizisten ein, die auf dem Markt gerade Streife gingen. Mehrere Händler hatten sie gerufen und sich lauthals bei ihnen beschwert, daß „der Verrückte da auf dem schwarzen Kasten" den Publikumsverkehr behindere und den Verkauf störe. Höflich wandte sich der eine Polizist an Alfredo und fragte ihn nach seinem Gewerbeschein; doch dieser starrte noch immer wie gebannt auf seinen Bruder. Ob er wenigstens die Standgebühr bezahlt habe, wollte der andere Polizist wissen. Alfredo wandte langsam den Kopf, sah ihn ungläubig an – dann sackte er lautlos in sich zusammen. Dreimal forderten die Beamten ihn auf, aufzustehen und mit auf die Wache zu kommen. Doch er rührte sich nicht. Schließlich packten sie ihn an Armen und Beinen und legten ihn, in Ermangelung einer Tragbahre, kurzerhand in den schwarzen Kasten. Ich konnte gerade noch sehen, wie ein altes Marktweib Alfredos Haupt mit dem verbogenen Zauberring bekränzte, den er zuvor in die Menge geworfen hatte, und wie eine andere Frau mit hämischer Miene die beiden Hälften des zerbrochenen Zauberstabes ihm kreuzweise auf die Brust legte. Dann hoben die Polizisten den schwarzen Kasten mitsamt dem zaubernden Märtyrer auf und trugen ihn unter Pfiffen und Hohngeschrei vom Platze.

Am nächsten Tag stand eine kleine Notiz auf der letzten Seite der Tageszeitung: „Ein junger Mann von etwa dreißig Jahren erlitt gestern früh auf dem Marktplatz einen Tobsuchtsanfall. In dem seltsamen Wahn befangen, der berühmte Zauberkünstler und Wundermann Alfredo Cambiani zu sein, gab er vor, alle sogenannten Tricks dieses großen Mannes entlarven zu wollen. Da keiner ihm Glauben schenkte, fing er an, das Publikum auf die unflätigste Weise zu beschimpfen. Da er keinen Gewerbeschein hatte, nahm die Polizei ihn schließlich fest. Der Möchtegern-Cambiani wurde gestern abend in die Städtische Irrenanstalt eingeliefert. Offenbar liegt ein schwerer Fall von schizophrenem Größenwahn vor. Seine Personalien sind bis zur Stunde unbekannt."

Am selben Tage gab ich der Presse meinen Rücktritt als Präsident des Magischen Zirkels bekannt. Ich glaube, verehrte Leser, Ihnen die Begründung dieses Schrittes nunmehr ersparen zu können.

Inhalt

Michael Schneider
Das Geheimnis des Cagliostro

Roman
Gebunden

Als Magier, Wunderheiler und Scharlatan gelingt dem selbsternannten Graf Cagliostro ein atemberaubender Aufstieg zu einem der berühmtesten und rätselhaftesten Männer des 18. Jahrhunderts. Michael Schneider erzählt das Leben des Grafen, der als Giuseppe Balsamo in Palermo zur Welt kommt und von dort zunächst Italien und dann ganz Europa erobert. Cagliostro heilt zahlreiche Menschen, findet reiche Gönner und versorgt die Armen, aber er fliegt auch immer wieder wegen Betruges auf und muss fliehen. Gipfelpunkt seiner Karriere ist seine Beteiligung an der Pariser »Halsband-Affäre«, die wesentlich zum Ausbruch der Französischen Revolution beiträgt. Im Jahr 1791 schließlich macht der Großinquisitor Zelada ihm den Prozess – und auch er gerät in den Bann von Cagliostros Geheimnis.

Kiepenheuer & Witsch   www.kiwi-verlag.de

Benjamin Black
Nicht frei von Sünde

Roman
Gebunden

Quirke ist Herr über das Totenreich des Holy Family Hospitals. Er liebt die Abgeschiedenheit der Pathologie, zwei Stockwerke unter dem geschäftigen Treiben Dublins. Bis zu der Nacht, in der die junge Christine Falls unter mysteriösen Umständen eingeliefert wird. Ihre Leiche wirft Fragen auf, die Quirke in die Welt der Lebenden zwingen. Mitten in die Verstrickungen seiner eigenen Familie hinein.

Unter dem Pseudonym Benjamin Black zeigt sich John Banville, der für seinen internationalen Bestseller »Die See« den Man Booker Prize erhielt, von einer neuen Seite: Er hat seinen ersten Krimi verfasst – atmosphärisch dicht, mitreißend und sprachlich brillant.

Kiepenheuer & Witsch   www.kiwi-verlag.de

Niels Fredrik Dahl
Auf dem Weg zu einem Freund

Roman
Deutsch von Ina Kronenberger
KiWi 923

Vilgots Zuhause ist alles andere als verlockend – die Mutter ist krank und der Vater fast nie da. Deshalb läuft der Junge durch die Straßen, auf dem Weg zu einem Freund und ist doch fast immer allein. Dabei lernt er den »Grafen von Hoff« kennen, einen alten Bauern, den alle Kinder fürchten. Die beiden Außenseiter schließen Freundschaft. Als der Graf eines Abends allein sein möchte und Vilgot nicht einlässt, passiert etwas, das das Leben des Jungen für immer verändert. Ein poetisches, trauriges Buch, das den Leser in seinen Bann zieht.

»Das Geheimnis liegt in Dahls musikalischer Sprache, darin, wie er den Jungen denken lässt.« *Klassekampen*

»Das Buch ist ein Traum ...« *Christine Westermann*

Paperbacks bei Kiepenheuer & Witsch  www.kiwi-verlag.de

Vikas Swarup
Rupien! Rupien!

Deutsch von Bernhard Robben
KiWi 954

Ram wurde verhaftet, weil er den Jackpot einer Milliardenshow geknackt hat. Ihm, der nie in seinem Leben eine Schule besucht hat, wird Betrug unterstellt. Doch Rams unglaubliche Lebensgeschichte zeigt, warum er dennoch jede der Antworten wissen konnte.

»Das Buch platzt schier vor prallem Leben.« *dpa*

»Ein Großstadtroman, ein Entwicklungsroman, ein Roman über Freundschaft, Anstand, Liebe. Der einem ganz leicht und nebenbei kostbare Lektionen über Leben und Sterben in der größten Demokratie der Welt mitliefert, über Indiens Kulturen und (Aber-)Glauben.«
Deutschlandradio

»Clevere Unterhaltung, ein fulminantes, originelles Buch!«
Rheinischer Merkur

Paperbacks bei Kiepenheuer & Witsch  www.kiwi-verlag.de